KB065679

문학과지성 시인선 **458**

수평을
가리키다

위선환 시집

문학과지성사

문학과지성사에서 펴낸 위선환의 시집

새떼를 베끼다(2007)
두근거리다(2010)

문학과지성 시인선 458
수평을 가리키다

펴 낸 날 2014년 9월 15일

지 은 이 위선환
펴 낸 이 주일우
펴 낸 곳 ㈜문학과지성사

등록번호 제1993-000098호
주   소 121-894 서울 마포구 잔다리로7길 18(서교동 377-20)
전   화 02)338-7224
팩   스 02)323-4180(편집) 02)338-7221(영업)
전자우편 moonji@moonji.com
홈페이지 www.moonji.com

ⓒ 위선환, 2014. Printed in Seoul, Korea

ISBN 978-89-320-2659-6

문학과지성 시인선 458

수평을 가리키다

위선환

2014

시인의 말

1960년대에 쓴 시 열세 편이 남아 있었다. 싣는다.
시를 끊은 30년을, 나를, 용서한다.
첫 시집에 썼었다.
"시를 시작하고 끊었던 한 시기의 아픔을 이제는 용서하고 싶다"
라고.

불편하다. 남은 시간은 고작 짧은데, 나는 아직 試圖한다.

2014년 가을
위선환

수평을 가리키다

차례

시인의 말

제1부

허공은 날카롭다 11

아침에 12

수평을 가리키다 14

폭설 16

月尖 19

낡음에 대하여 20

더디다 22

예감 24

海神祭 26

天·地·玄·黃 간에 28

허공 29

울음소리 30

直面 31

구멍 32

돌팔매 33

바람그늘 34

깊이 35

화석 36

모퉁이 37
떎 38

제2부

안개 43
바다의 기울기 44
등피를 닦다 46
어둠의 순서 48
정오 50
바람의 기억 52
갈밭 54
한 해가 지나다 1 56
한 해가 지나다 2 58
誌銘 60
달빛을 건너다 62
포옹 64
結尾 65
한로 66
正色 67
바람의 제의 68
계절풍 70
불면 73
저무는 동안 76

제3부

발자국 79

폐역에서 80

틈새로 언뜻 82

폐광촌 84

11월 87

달을 먹다 88

가슴을 때리다 90

겨울광장 91

無等 93

충장로 95

2001년 광주 96

그, 해에 97

시민, 들 100

2013년 서울 103

제4부

빈 소리 107

제5부
1960년대에 쓴 시편들

雅歌 1 113

雅歌 2 115

短想 118

病後 120

노을 소묘 121

빛의 肉體造形 122

孕胎期 133

선율 136

산책 138

작별 139

龜裂 143

새의 滅入 145

聖. 汭陽邑에서 詩 끊기 147

해설 | 세상의 풍요에 저항하는 이의 가난의 먼 행로 · 정과리 151

제1부

허공은 날카롭다

춥고, 내다보니 바깥이 비어 있다
오직
새가 퍼덕이며 할퀴어대며 우짖는다
새의 바깥으로
날개깃이, 발톱이, 놀란 눈자위가, 소름 돋친 눈초
리가, 핏물에 젖은 혀가, 부러진 부리가,
새가 물어 나른 하늘의 파편들이,
떨어져 내린다

허공이 새를 찔렀다

아침에

당신이 보고 있는 강물 빛과 당신의 눈빛 사이를 무어라 이름 지을 것인가

시간의 저 끝에 있는 당신과 이 끝에 있는 나 사이는 어떻게 이름 부를 것인가

고요에다 발을 딛는 때가 있다 고요에다 손을 짚는 때가 있다

머뭇거리며 딛는 고요와 수그리고 짚는 고요 사이로 온몸을 디밀었으니

내 몸에 어리는 햇살의 무늬를 어떤 착한 말로 읽어내야 할 것인가

나뭇잎과 나뭇잎의 그림자는 나뭇잎이 나뭇잎의 그림자가 되는 사이라 읽으니,

한 나무는 다른 나무 쪽으로 가지를 뻗고 다른 나
무는 한 나무 쪽으로 가지를 뻗어서

두 나무는 나무끼리 서로 어깨를 짚어주는 사이라
읽으니,

수평을 가리키다

새벽별과 새벽과 아침이 젖었다 새벽별과 새벽과 아침을 고루 적신 이슬점과, 나, 수평이다

다시 만난 것들과 날개가 꺾인 것들과 또 아픈 것들과 아직도 나는 것들과, 나, 수평이다

폐선이 묻힌 개펄과 돌들이 넘어진 폐허와 하늬바람이 눕는 빈 들과, 나, 수평이다

날빛 뒤로 스러지는 놀과 놀 뒤에서 어두워지는 하늘과 먼 데서 돋는 불빛과, 나, 수평이다

나뭇잎이 지는 날씨와 하루가 수척한 것과 마지막에 빛나며 사라지는 것과, 나, 수평이다

나비가 날개무늬를 찍어둔 하늘과 풀벌레들의 울음소리가 닿는 높이와, 나, 수평이다

땅 아래에 잠든 짐승의 곤한 체위와 땅을 누르고
있는 고요의 무게와, 나, 수평이다

구름 덮인 들판을 걸어가는 흰 소의 큰 눈과 길게
우는 울음과 천둥과, 나, 수평이다

손금에 흐르는 물소리와 움켜쥔 물의 결과 물고기
들이 돌아오는 물의 길과, 나, 수평이다

돌아와서 당신 곁에 눕는 나의 회유, 이미 누운 당
신과 이제 눕는 나와, 우리, 수평이다

폭설

몸속에 가시뼈를 키우는 물고기가 자라나는 가시
뼈에 속살이 찔리는 첫째 풍경 속에서는

몸속에 두 귀를 묻어버린 물고기의 몸속보다 깊은
적막을, 적막하므로 무한한 그 깊이를

누가 이름 지어 불렀다 대답하는 목소리가 떨렸다

눈 뜨고 처음 내다본 앞바다에 희끗희끗 눈발이
날리는 둘째 풍경 속에서는

야윈 손이 반음씩 낮은 음을 짚어가는 저녁 무렵
에 어둑하게 어스름이 깔리는 음조를

새들은 어둔 하늘로 날고 살 속에서는 신열을 앓
는 뼈가 사뭇 떠는 오한을

누가 이름 지어 불렀다 대답하는 목소리가 떨렸다

잠깐씩 돌아다본 들판에 돌아다볼 때마다 눈발이
굵어지는 셋째 풍경 속에서는

눈꺼풀에 점점이 점 찍힌 점무늬 아래로 한없이
떨어져 내리는 반점들의 하염없는 나부낌을

아득하게 깊어진 눈구멍 속에서 속날개를 털며 자
잘하게 날갯짓도 하는 설렘을
누가 이름 지어 불렀다 대답하는 목소리가 떨렸다

물굽이와 들판과 나를 덮고 묻는 눈발이 자욱하게
쏟아지는 마지막 풍경 속에서는

천 마리씩 떨어지는 여러 무리 새떼들이 바짝 마
른 가슴팍을 땅바닥에 부딪치며 몸 부수는 저것이

폭설인 것을

내리 꽂고 혹은 치솟는 만 마리 물고기들은 물고
기들끼리 부딪쳐서 산산조각 나는 것 또한

　폭설인 것을

　따로 이름 지어 부르지 않았다 깜깜하게 쏟아지는
눈발 속에서, 누구인가 그가!

　내 이름을 불렀다 대답하는 목소리가 떨렸다

月尖

여자의 가슴에 날카롭고 까만 초승달이 문신되어
있었다. 눈이 어둔 초사흘 밤에 나는 더듬으면서 손
가락을 다쳤다

낡음에 대하여

낡는 때문이다. 눈 내린 겨울이고 봄이 오고 가을이 가고 다시 겨울이고 눈은 아직 내리는 것,

낡는 때문이다. 살갗을 스치며 바람이 지나가는 것, 전신에 바람 무늬가 밀리는 것, 살이 닳는 것,

낡는 때문이다. 뒤돌아서 오래 보는 것, 먼 데서 못 박는 소리 들리는 것, 외마디 소리치는 것,

낡는 때문이다. 놀 붉고 이마가 붉는 것, 구부리고 이름 부르는 것, 땅바닥에 얼굴 부딪치는 것,

낡는 때문이다. 돌아오는 사람이 야위는 것, 긴 그림자 길게 끌며 늦게 돌아오는 것, 목쉬는 것,

낡는 때문이다. 속눈썹에서 서릿발 자라는 것, 광대뼈 아래가 추운 것, 한낮에도 등이 시린 것,

낡는 때문이다. 얼음장 디디며 걸어 들어가 언 강
을 깼고, 언 물에다 얼굴을 묻었고, 우는 것,

낡는 때문이다. 여러 해를 거쳤고 여러 곳이 여러
번째 저물면서 어제는 거기서 종소리가 난 것,

웅크리고 나 모르게 잠드는 것, 자면서 뼈가 비는
것, 빈 눈확에 어둠 고이는 것, 낡는 때문이다.

더디다

장맛비 갠 뒤에 물빛이 깨어나는 시냇물을 밀었다 더디다, 시내 바닥을 덮은 돌들이 덜 씻겼다

흰 구름을 밀고 강물에 떠가는 구름 그림자를 밀었다 더디다, 구름 아래로 흐르는 강이 느리다

들판을 건너가는 바람을 밀었다 더디다, 바람의 뒷자락이 자꾸 밟힌다 자주 들바람이 넘어진다

쳐다보며 이름 부른 다음에는 야윈 나뭇가지를 밀었다 더디다, 미처 못 진 잎이 몇 붙어 있다

끄덕대며 걸어가는 당나귀를 밀고, 짤랑거리는 방울소리를 밀었다 더디다, 소식 없이 노을이 진다

어제는 오는 바다를 밀었고 오늘은 가는 바다를 민다 더디다, 썰물이 수평선에 걸려 있다

22

이 섬과 저 섬과 그 섬을 차례대로 민다 더디다,
하루를 더 바라보아야 보이는 섬이 있다

예감

이 끝에서 저 끝이 멀다 기러기도 내려앉아 주둥이를 문지르고 가는 百里들이다

검은 얼굴에 광대뼈가 불거지고 수염은 센 사람이 느리게 걸어서 건너가고 있다

땡볕 한 조각이 땡볕 그림자 한 조각을 끌고 뒤따라간다

이 끝에 서 있는 회화나무는 기울었고 가지를 저기로 거기로 뻗치었고

회리를 틀며 감긴 나이테는 수백 년이나 휘감았다

나무의 나이테를 베고 누워서 이리로 저리로 흩어지는 구름을 바라보는 나는

눈자위에 바람이 휘도는, 동공에는 바람의 회리가

새겨져 있는, 천년의 유적이다

　누가 내 동공에다 정을 대고 쪼아서 오래전에 먼
눈빛을 캐내고 있다

　내일은 이 끝이 맑아져서 들녘 저 끝에 닿은 사람
이 돌아서더니, 바라보겠다

海神祭

손 씻어서 어깨에 얹는다 어깨뼈 너머 하늘에 빗
장뼈 한 개 걸려 있다

우러르는 이의 광대뼈 그늘이 턱 그늘보다 검어지
는 한나절을 건너가서

갯벌에 묻힌 폐선의 흘수선 너머 오래된 표류와
긴 회항의 흔적을 본다

고물이 붉었고, 포구까지 끌고 온 놀이 붉었고, 기
진한 바다가 끌려왔고

바다가 숨죽자 놀이 죽은 자리와 놀 죽은 자리에
서 돋는 별이 또렷하다

한 호흡보다는 긴가, 두 눈 꾹 감고 보아도 다 못
보도록 한참 더 먼가,

가장 먼 바다의 중심에서 파문이 인다 파문의 중
심으로 별이 떨어진다

天·地·玄·黃 간에

거,기,에,도,틈,새,가,있,었,다,거,기,서,도,틈,새,
는,비,좁,았,다,

허공

　백지에다 긋는 밑줄 위는, 허공이다. 송곳니에 악물린 틈새기, 허공이다. 꾹 감고 견디는 깜깜한 눈구멍 속으로 나비 한 마리 팔락거리며 날아가는, 허공이다. 혼자 걸으며 호주머니 속에서 그러쥔 빈 주먹, 허공이다. 오랫동안 간절하더니 한참 동안은 그윽하더니 잠깐 동안은 글썽하더니 눈물 자국만 남은, 허공이다. 씻어서 말린 이목구비에다 분가루 덧칠해서 눌러놓은, 분냄새 나는 새하얀 낯바닥, 허공이다.

울음소리

해묵은 허공은 버릇이 나쁘다. 아무 데서나, 가령
저무는 산등성이 너머에서도, 늦게 운다. 어둔 울음
소리가 캄캄한 산을 넘어온다.

直面

보았다 본다 거기 또는 여기 또는 저기 또는 건너
에서 또는 저 너머에서 또는 멀리서 또는 눈앞에서
혹은 잠깐 전에 혹은 당장에 나를 보고 있는 한 얼
굴을 보았다 본다 드러난 이마를 먼저 보고 그늘에
묻힌 눈자위는 다음에 보았다 본다 방금 숨는 뒤통
수는 방금 보고 지금 내민 아래턱은 지금 보았다 본
다 돌을 파고 돌을 다듬어서 돌 안에다 들여놓은, 돌
을 깨고 돌에 새겨서 돌에서 캐낸, 모두가 한 낯바닥
인 직면을 보았다 본다 언제나, 내가 눈 감고 목을 꺾
은 다음에도 어디서나 말갛게 눈 뜨고 나를 보고 있
을……

구멍

딱, 딱, 딱, 딱, 뒷골을 쪼아대던 딱따구리가 딱,
쪼기를 멈춘 직후다. 헛찍은 부리 자국들, 튀고 날린
부스러기들, 잘못 할퀸 발톱 자국들은 이루 다 헤아
릴 수 없고, 우묵하게 눌린 뒤통수 자국에 빤하게 구
멍 하나가 뚫려 있다. 내다보이지도 들여다보이지도
않는다. 구멍만 뚫려 있다.

돌팔매

내가 쏘아올린 돌멩이가 나를 뚫고 떨어지던, 내
팽개친 돌멩이는 자칫 등짝을 때리고 떨어지던
그때는 안팎에 돌멩이들이 나뒹굴었다
어떤 돌멩이는 머리 위를 날았다 곧게 궤적을 그
으며 멀리로, 더 멀리로
까마득해졌고
나는 자면서도 눈을 뜨고 돌이 나는 소리를 들었다
以來로
1월이 가고 2월이 가고 3월이 가고 4월이 또 가는
불안을
등짝 다붙이고 사지는 뻗치고 반듯하게 누워서 두
눈 부릅뜨고
견딘다
머리 위 하늘에, 손에 닿을 듯, 딱, 돌멩이 한 개
박혀 있다

바람그늘

날리며 떨며 떨어져 내리던 잎사귀 한 잎이 더는
떨어져 내리지도, 어디로 날려가지도 못하고 먼지 자
욱한 공중에 멎었다

잎사귀는 아까부터 멎어 있어서 먼지가 한 겹 쌓
이고 주둥이를 대고 다붙어 있는 초록벌레의 작고 까
만 두 눈이 묻히었다

깊이

쓸고 나니 마당이 환하다. 지는 잎이 조용히 내려
앉는다. 땅바닥에 잎 자국이 찍힌다. 나란히, 나의 발
자국도 찍혀 있다. 발자국은 쿵, 전신의 무게로 찍혔
다. 잎 자국은 가볍게, 오직 낙하의 무게만으로 찍혔
다. 잘 보인다. 잎 자국이 아주 깊다.

화석

　물 밑에서 남생이가 돌비늘 덮인 등딱지와 돌허물
을 벗고 있다. 돌 속에다 모가지를 묻은 남생이가 돌
이 되어서 물속에 가라앉기까지는 무른 살이 굳어서
돌이 되는 백 년이 걸렸다. 남생이가 돌을 벗고 돌 속
에 묻힌 모가지를 빼내어 물 밖으로 내밀기까지는 백
년 묵은 돌이 물러져서 무른 살이 되는 백 년을 더 기
다려야 한다.

모퉁이

　모퉁이는 쓸쓸하다. 모퉁이를 돌아가는 사람이 쓸쓸하고, 모퉁이를 돌아가는 사람을 바라보는 사람이 쓸쓸하고, 어느 날은 모퉁이를 돌아가는 내가 쓸쓸하다. 아침부터 걸었고, 날 저물었고, 깜깜해졌고, 진종일 모퉁이에 부딪친 나의 모퉁이 쪽은 모퉁이가 드나들게 파였는데, 나는 아직 모퉁이를 돌아가고 있다. 나의 모퉁이 쪽은 갈수록 파이고, 나는 자꾸 모퉁이 쪽으로 꺾이고, 어디쯤인지, 언제쯤일지, 모퉁이는 끝 간 데 없고……

떎

구름의 그늘이 떨면서 깊어지면서……라고 떠는
목소리로 말씀을 시작하신 지 오래되었다,

라고 들은 이래로

정수리를 덮은 구름의 그늘과 가슴께에 드리운 앵
두나무 그늘과 등 뒤로 돌아간 강의 물 그늘이 떨면
서 깊어지고

깊어진 것들은 낱낱이 나직한 울림이 되었을 때,
나는 정수리부터 서늘해지는 때

앵두나무 가지에서 앵두가 익었다 강물은 비치고
물에 비친 참붕어의 거뭇한 등비늘이 번뜩이고

구름과 앵두나무와 강과 그늘의 떠는 틈새기에 꼼
짝없이 끼인 나는

기껏 한없이 떨고만 있었다

떪이 없으면 떨면서 깊어지는 것들도 없다,
라고
주석도 붙여주시었다,
라고
들은 이래로

떨면서 마침내 소실점까지 깊어져버린 구름과 앵
두나무와 강과 그늘이 깜빡
한꺼번에 사라진 지금, 문득
나의 떪도 멎었으므로

그러므로 또한 내가 없다, 그러하지 아니한가,
라고
묻는 나의 떠는 목소리만 남아서

사라지는 것들이 사라진 빈자리를 떠나지 못하고

떠도는

한 울림이 되었는지, 한 떪이 되었는지,

제2부

안개

두개골은 단단하고 눈자위는 컴컴하고 모난 턱이
잡힌다 그것들은 차다 손바닥은, 발바닥은, 발바닥
아래 밑바닥은, 더 아래는, 멀다

찬 것과 먼 것과 내가 등변인 관계 안에 안개가 꽉
찼다 저기쯤인데 지워졌고, 거기였는데 사라졌고, 여
기였는데 숨은 안개 속이고

등덜미에 젖고 추운 목에 감기는, 찬 어깨에다 찬
어깨를 기대는 안개이다 어디에 닿으려는지, 먼 데에
흘러가는 물소리가 희미하다

더듬대며 걷는 구천동길이다 불쑥 나타난 사람과
스친다 머리칼이 젖은, 눈빛은 흰 사람이 물 흐르는
얼굴을 들고 지나간 다음에는

아침빛이 내리는지, 안개의 입자들은 투명하고 이
파리마다 물방울들 맺히는지, 어제 죽은 사람의 손가
락에 햇살 한 오라기 감기는지,

바다의 기울기

모래밭은 넓고 비스듬하고 한낮에도 안개가 덮었다. 안개 아래에서 물소리가 두런거린다. 누가 쫓아가며 거듭해서 묻고 썰물은 뒷걸음치면서 못 알아듣는 말로 대답하는 듯,

바다의 기울기에 손을 얹는다. 돌이 뒹굴며 작은 돌로, 모래로, 잔모래로 부수어지는 기울기이고, 물나간 뒤쪽에다 눈금 같은 물 자국을 새긴 기울기이고, 어젯밤에는 물 자국 깔린 모래밭에다 별빛을 덧깐 기울기이다.

별빛은 가파르고 단단하고 헤아릴 수 없으므로 모래는 여러 번 더 부수어지고, 모래의 입자들은 낱낱이 반짝이는 빛이 되는 것이다. 모래밭을 딛고 걷는 발바닥이 밝았다.

고개 젖히고 입 벌리고 하늘을 보는 때, 어떤 기울기가 목구멍을 드러나게 하고 콧잔등과 입술을 말라

붙게 하는지, 썰물과 모래밭과 별빛을 잇는 기울기에
는 늘 안개가 끼는지, 그러므로 누가 수척해지는지,
안개 짙다.

등피를 닦다

발원에서 갓 태어난 바람은 설레고, 처음 부는 바
람이 뱃바닥을 밀고 가는 강에서는 물비늘들이 일어
서고, 물바닥은 주름지고,

물주름 아래에서 물그늘이 깊어지는 거다 더 아래
물 밑에서는 돌들이 씻기며 닳고 검버섯같이 거뭇한
돌무늬들이 돋는 거다

그 돌 중 한 개를 집어서 내 손바닥에 올려놓은 지
오래이므로, 물기 마른 돌이 바짝 야윈 손바닥 위를
구르며 달그락거릴 때

생애에서 가장 긴 그림자를 밟고 선 사람이 세상
의 끝에 피는 놀을 바라보는 거다 우우 바람이 불어
오고 우우우 속울음 울고

강 건너 하늘에서 어둑어둑 검어지는 하룻날의 피
로는 백 근도 넘었겠지, 숙이고 집에 돌아와 해묵은

램프의 등피를 닦는 거다

　그때에 이르러서야 손가락들은 야위며　맑아지고
닦이어 투명한 등피의 밝기만으로도 살 속에 묻힌 뼈
들이 비쳐 보이는 거다

어둠의 순서

나날이 빠르게 저무는 무렵이다 잠깐은, 손등에 덮이는 어스름을 내려다보았다

흐르는 어둠과 어두워지며 멎는 어둠 사이에서 잠깐은, 머뭇거리는 손이 보였다

하루내 손바닥이 식었다 잠깐은, 손가락들이 곱았고 오그라들더니 순간에 굳었다

굳은 손을 들어 굳은 손에다 얹었다 잠깐은, 손에 손이 부딪쳤다 소리가 났다

지나갔고 또 오는 것을 가리키며 잠깐은, 누가 손짓을 했고 곧 말없이 돌아섰고

손짓을 읽다가 잠깐은, 뒷모습을 읽다가 뒤늦게야 치켜든 손의 손가락들을 펴서

흐르며 어두워지는 어둠부터 굳어서 깜깜해진 어
둠까지, 어둠의 순서를 만진다

정오

햇살이 정수리를 뚫고 내려와서 몸속엣것들이 낱
낱이 드러났다

안으로 불거진 뼈마디들은 둥글고 등골뼈 그늘에
깔린 살점들은 연하고 젖었다

뼈와 살 사이가 벌어진 틈새기는 여기에 저기에
숨었고, 숨은 것들은 깊고 캄캄하니

때 아니게 날 저문 듯, 어두워진 듯, 발아래가 깊
어지면서 발 디디기가 조심스럽다

무르팍 그림자를 디디며 무릎뼈를 밟고 가슴팍 그
림자를 디디며 가슴뼈를 밟고

어차피 턱주가리 그림자를 디디다가 그만 잇바디
를 짓밟는 것이어서, 그때에

잇바디에서 쏟아진 이빨 몇 개는 어디로 흩어졌는
지, 못 찾은 옛일이 그러하듯

걸어가서 마중하며 큰 소리로 부를 사람의 이름자
를 잊고 있다

바람의 기억

여러 달 마른 날이 계속되면서 내가 말라서 여러 군데가 금 벌어졌다

가슴팍을 밀며 가슴뼈가 불거지고 등짝 밖으로 등뼈가 솟고 휜 뼈는 안으로 넘어졌고

뼈와 뼈의 틈새기와, 틈새기가 들여다보이는 이 사이와, 저 사이에 보이는 야윈 뼈와

꺾인 팔꿈치와, 여기에 저기에 물려 있는 관절과, 낯짝 밖으로 튀어나온 광대뼈에다

동쪽에서 부는 바람이 비늘조각 같고 운모의 반짝임 같은 문양들을 새기는 즈음이다

떨어져 있어도 빗소리는 들리는 저쪽의 우기로부터 이쪽의 흙먼지 날리는 건기까지

해가 가면서 닳은 뼈마디들이 혹은 헐겁고 혹은 삐걱대고 혹은 뼈끼리 부딪치는

내 몸은 바람 아닌 것이 없다

전신에서 이는 바람에 떠밀리며 수천 잎사귀들이 떨고 있는 수풀 아래로 간다

갈밭

누가 땅 밑에 누워 있다 땅을 베고 누우면 목덜미
가 누구의 무릎뼈에 얹힌다

새떼의 아래를 바람이 스쳐간다 새들은 가슴뼈가
드러났고 날개깃이 부러졌다

내 안에서 내가 야위더니 살은 말라붙었고 뼈들은
흔들린다 몇 개는 넘어졌다

갈대는 서걱대고 비틀리고 꺾이어 누운 것들이다
들판에서 갈꽃들이 날아올랐다

갈꽃 날아가는 하늘 아래를 걸어서 가며 밭은기침
을 한다 새가 따라오며 운다

의식의 마른 자갈밭을 종일 걸은 者,의 휑, 뚫린 눈
구멍에서 바람소리가 난다

새는 사라졌고, 어느새 저무는 하늘이 멀다 갈밭
너머에서 빛나는 물빛을 본다

한 해가 지나다 1

모래톱에서 모래 알갱이를 둥글리고 강에서 강물
의 입자를 둥글리는 어떤 파동에는

발톱이 돋아 있다 발톱의 뾰족한 자국들이 사람의
발자국을 뒤따라가며 찍혀 있다

파동은 나뭇잎을 떨게 하고 떠는 그림자를 강에
잠기게 하고 강을 떨며 흐르게 하고

강 건너에서 저무는 어둔 들판을 펼쳐 보여주었다
산 사람의 살아 있는 몸을 열어서

주검을 내장하고는 여미어 꿰매는 제의를, 지평
너머 하늘에다 별빛을 까는 장엄을

미리 보여주었다 파동은 마흔아홉 날을 앓아눕게
했고, 겨우 일어나서 걸어가게 했고

한 해의 하늘 아래를 다 걸은 다음에도 멈추지 못
하고 내쳐서 이듬해로 걷는 사람의

멀어지는 뒷모습을 바라본 나는 참지 못하고 이름
을 불렀으므로, 이름 부른 즉시에

돌아서며 대답하는 사람의 울음 머금은 목소리를
해가 가는 조용한 시간에 듣는다

한 해가 지나다 2

네가 들어 얹은 손바닥의 자국이 내 손바닥에 눌리는 사이이다

물바닥 위로 불어가는 바람의 무늬가 밀리며 닳아서 비치는 사이이다

눈자위는 얇아졌고, 눈꺼풀은 가벼워지며 소리 없이 내리감기는 사이이다

갈밭에 햇빛 사그라진 다음에 갈잎보다 오히려 어둠이 서걱대는 겨를에는

눈물 마르며, 속눈썹의 잔뿌리들이 마르며, 눈동자는 캄캄해지는 사이이다

네가 나를 끌어다가 붙안고 내 갈비뼈를 하나씩 매만지고 또 헤아린 때

죽은 너의 두 눈은 멀어 있었다 나는 야위었고 하
루는 나날마다 길었고

　어둠보다 오히려 뼈가 검은 한 해가 느릿느릿 지
나갔다 그 사이이다

誌銘

무르팍에 그어진 바람의 결을 만진다

어금니가 또 넘어졌다 하악골은 비고 턱 아래는
그늘진 날에 지렁이는 흙 속에서 울고, 흙 먹고 울고

늦은 저녁 어스름에 안개가 짙었다

깊은 밤부터는 굵은 비가 내려서
비를 맞는 나무들은 비늘눈이 젖었고 새벽에도 빗
소리는 그치지 않았으므로
안마당에 깔린 빗방울들은 씻기어서
투명해졌다

아침볕이 들었고, 씻긴 살가죽에 흰 뼈와 검은 살
이 비친다

젖었다가 마른 등가죽에 실금이 자라는 철이다 낯
익은 사람의 어깨에서 뒤꿈치까지

금이 갔다
그 사람은 고갯마루에 올라서서 돌아다보았고

손가락을 세웠고

몇 해가 지난 해에는 손가락을 눕혀서 가리키었다
나는 내 낯짝을 펼쳐놓고

그가 가리킨 이름자를 쓴다

달빛을 건너다

'

우듬지 끝에 자벌레 한 마리 붙어 있다 웅크리고 겨누더니 전신을 빳빳하게 세웠다

배경은 만월이다 자벌레가 곧추서서 만월의 이쪽 저쪽을 눈어림하는 풍경이 낯익다

자벌레는 만월의 앞쪽에서는 만월로, 만월에서는 만월의 뒤쪽으로, 달빛을 재고 있는 중이리라 팔월 그믐 달빛을 재면서는 그믐달과 초승달 사이를 건넜 고, 구월 초승 달빛을 재면서는 초승달과 보름달 사 이를 건넜고, 시월 보름 달빛을 재면서는 보름달과 그믐달 사이를 건널 것이므로,

오늘 밤은 보름달이 떠오른 동쪽에서부터 달빛이 사위는 서쪽까지를 재는 것이리라

작대기가 넘어지듯 몸을 눕힌 자벌레가 전신의 길 이로 몸을 뻗치더니,

뻗친 몸을 한 차례 접더니, 재고 접기를 반복하면
서 달빛을 건너간다

포옹

아침에 바다를 건너온 비가 하루 내 내린다. 뒤통수와 팔꿈치와 발꿈치가 젖었고, 네 등에다 얹어둔 내 두 손이, 손가락들이, 손가락보다 먼저 야윈 그리움의 전 길이가, 손등에 불거진 힘줄들이 젖었다. 비는 더욱 내려서 가슴팍에 흥건하고 앙가슴도 가슴뼈도 흠뻑 젖은 다음에는 빗물 흐르는 창 너머로 물 불은 바다가 떠밀려 왔을 때, 흰 너의 허리선이 들리면서 벗은 너의 허리에 비늘이 돋았고, 너는, 나는, 우리는, 만수위까지 부풀은 수평선이 되었다.

結尾

눈초리가 길다 친친 감고는 혀를 내밀더니 아가리를 벌린다 위턱에는 독니가 두 개 나 있다

풀밭에서 기척을 냈고 전신을 뻗치더니 누워서는 뱃바닥을 드러냈다 뱃비늘들이 반짝거렸다

한낮보다 길게, 긴긴 허물을 벗었다 긴긴 알몸을 여러 해와 여러 계절과 나날에다 걸치었다

처마 밑이 어슬한 저녁에는 까치놀이 비치는 앞마당을 질러갔다 보름날이 지난 어젯밤에는

달빛 깔린 강물을 목 세우고 건넜다 지금은 강 건너 들판에서 물 묻은 주둥이를 닦고 있다

배를 밀며 긴다 오로지 길뿐이므로 오롯이 긴, 긴 자국만을 남긴다 결미가 없는 길이이다

한로

마당을 쓸었다 한 접시이지만 햇볕은 모아서 거처의 중심에 둔다 겨울이 오고 나는 혼자 있을 것이다 살갗은 닳았고 살가죽은 종잇장 같다

얼비치는 뼈가 야위었다 너를 만나서 뼈를 내밀었고 네가 내민 뼈를 맨손으로 잡았다 너와 나의 뼈가 그리움 하나로 휘며 마르는 그동안에,

네 등에 파인 뼈와 뼈의 사잇골에다 몇 차례 손을 묻었다 그중에서 한 손이 비늘 돋은 슬픔에 닿은 것이다 비늘은 딱딱해서 손끝을 베었고,

그날, 길고 가는 초록 뱀이 독니 박힌 턱을 내밀고 재빠르게 질러가던 마당 한끝에 놀이 붉더니, 나는 어지럽더니, 그만, 네가 물렸다 했다

죽음과 어둠의 사잇골 아래, 슬픔이 비늘 되어 자라는 더 아래로 방울져서 듣는 독이 있다 손 디밀고, 손바닥 펴서, 찬 한 방울을 받아든다

正色

서리 내렸고, 사람들은 걸음을 재촉했고, 길의 끝에 이르러서 길 아래로, 길을 내려간 사람이 오래 헤매다가 그만 죽은 것인가, 하고 또는,

죽은 사람을 파묻고 나서 처음 쳐다본 하늘이, 흠칫 놀라서 휘둘러본 그 하늘의 아래도, 그때부터 사뭇 고요하기만 한 것인가, 하고 혹은,

이렇게 정색하고 고요하기만 하다 보면 두 눈 감기어서 땅 아래에 뉘어둔 사람이라도 문득 이 가을의 고요에 눈뜨지 않겠는가, 하고 또는,

두 눈 크게 뜨고 물끄러미 아무것도 아니 보는 사이에도 서리는 내리고, 사람들은 길을 내려가고, 가을은 깊어지는 것 아닌가, 하고 혹은,

바람의 제의

풍속이므로, 바람을 끌어다 덮는다
손가락을 섞어서 깍지를 끼었고 깍지 낀 두 손을
가슴에 얹었고
발목뼈를 발목뼈에 얹는다

턱 아래가 파이고 가슴 안이 빈다

마른기침 소리인 것이, 먼지 냄새인 것이, 센 눈썹
그늘에 말라붙은 눈물 문양인 것이,
바람 속에는
있다

누가 걷는지
오는 기척이 있고, 지나가는 발소리가 들리고, 저
만치 가는 뒷모습이 보이고……
손등에다 손등을 스치던, 살에다 살을 비비던
바람과 나,
의 기억이 풍화하는 언저리에서

설레는

바람의 숙업은 쓸쓸한가,
정강이뼈 빼어 들고
절뚝거리며 하늘 아래로 간다 바람을 거슬러 날아
가는 천 마리 새들은
뼈에 구멍이 뚫려 있다

저녁에, 거미는 줄을 늘이며 내리고
땅거미 내리어 깔렸고

풍속이므로, 땅바닥에 사지를 뻗치고 누워서 눈
크게 뜨고 기다린다

뼛골마다 달빛이 차는 오늘은
만월이다
내 전신에다 전신을 포갠 바람의 살가죽에 가늘고
흰 뼈가 비친다

계절풍

몸에, 206개의 뼈가 있다 뼛구멍에 깃든 새가 206마
리 산다

새들이 쪼고 발톱을 세워서 할퀴므로 뼈들은
아프다
곧추서거나 곤두서거나
누워서

앓는다 뼈가 아픈 여러 날이 갔고 뼈가 아픈 몇 달
이 갔고 뼈가 아픈 가을이 가던
무렵에

뼈를 비워두고 떠난

그해의 새들을 기억했다 몸 밖으로 날아가는 새들
이 날개 치는 소리를 들은 날은
차갑고
하늘이 맑았으므로

간절해져서

먼 하늘로 나는 새들을 바라보며 몸이 휘는데, 새
들은 문득, 일제히, 고개를 돌려서 나를
돌아다보았다
206마리 새들의 또록또록한 눈동자들이 또렷또렷
박혀 있던 그해의 하늘을
기억했다

새들을 바라보는 거리와 새들이 돌아다보는 거리
는 얼마나 맑은 하늘인가
몸은 더욱 휘었고 더더욱 휘다가 몸 안으로 넘어
지는 206개의 뼈들을

한 개다, 빈 한 개다, 또 빈 한 개다, 하며 헤아리
었다

올해에는, 뼈가 아픈 몇 달이 갔고

겨울이 왔다
몸 안에 찬바람 불고

바람이 통과하는 206개의 뼛구멍들은 휘이, 휘이,
운다

불면

어둠 내리어 깔리고 내려디딘 발목이 잠기는 저녁
에는 두 발을 모아 쥐고 앉아서

발뒤꿈치는 뒤로 물러나 있는 것이, 발가락의 마
디들은 자잘한 것이 간절하였다

2

무릎에 턱 얹고, 눈 감고, 손 디밀어서, 거뭇거뭇
어둠이 묻어나는 몸속을 더듬었다

긴뼈를 걸쳐놓은 긴 線條가 하나, 굽은 뼈가 묻힌
굽은 흔적이 둘, 둥근 뼈가 불거진 둥근 윤곽이 셋,
　거드랑이에 찍힌 비늘 자국은 여럿이고, 비늘은 손
끝에 닿고

어금니를 악문 것과, 악물린 자획이 조각난 것과,
낱낱이 조각난 발성들은
모두 헤아렸는지

살 속에 박힌 옹이는 굳었다 속울음은 울컥 덩이
가 크다 하얗게 마른 핏줄기는 몇 가닥인지,
매만지기도…… 혹은

눈 뜨고 잠든 이의 뜬 눈을, 뜬 눈 위에 뜬 눈빛을,
뜬 눈빛 위에 뜬 눈짓을

숙이고 들여다보기도, 조심스레 집어 들기도 하
였다

3

지레 눈 크게 뜨고 턱 고쳐 괸 다음에야 먼 뒤쪽부

터 개는 어둠이 바라보일 때에는

　멀므로 거기부터 개는 순서인지, 그래서 새벽은
느리게 오는지 궁금하고

　한참이나 더 어두울 머리 위 하늘에 고이는 우물
빛이 간절하였다

저무는 동안

불꽃과 불꽃 사이에 암흑이 끼어 있다 끄름에 전신이 그을리는 어림에서 기다린다

저문 시간에 무릎을 만지다 벗은 무릎을 어둠의 안쪽으로 밀어 넣다

머리칼과 눈두덩과 팔꿈치에 묻은 눈 조각들이 희끗희끗 발광하는 어림에서 기다린다

나무에 올라 비늘을 벗는 물고기가 탁탁 제 꼬리로 몸뚱이를 때리다

하늘에 날아가는 구름이 느린 그림자를 끌며 빈들을 건너가는 어림에서 기다린다

저 산맥의 저 너머에 밀려와 닿은, 물빛이 어두운 바다를 넘겨다보다

제3부

발자국

처음으로 떠났는데 혼자였다 문밖은 이미 겨울이
었다 처음과 겨울이 一時였다

몸으로 번지는 달빛이 차가웠다 달빛의 가장자리
에서 대숲의 그림자가 흔들렸다

별이 떨어져 죽은 땅에서는 얼음 바닥이 빛났고
이마는 얼고 등짝에 마비가 왔다

그가 지은 죄가 나를 죄에 길들게 했던 것이다 죽
은 자가 두 눈 뜨고 나를 본다

불시에, 전면적으로, 눈이 내렸다 시야가 지워지
는 한순간에 또 별이 떨어졌다

거기까지 나를 쫓아온 발소리는 고작 내가 내딛는
발자국이 찍히는 소리였으니

내가 처음으로 뒤를 돌아다보던 그해 겨울의 마지
막 날에 마지막 눈이 내리었다

폐역에서

열차는 오지 않았다 창유리는 없고 뼈대만 남은
창틀 너머로 빈 들이 내다보인다

저기서 사는 새는 다리가 길고 한 발을 오래 들고
서서 발목이 가늘어지고 있다

창틀 아래에 기댄 긴 의자의 등받이에는 등을 기
댔던 자국 하나 찍혀 있지 않다

나는 오래 기다렸으므로 겨우 버티고 서서 무릎에
찬물이 고이는 오한을 견디었다

그사이에 들 바닥에는 바람이 잦아들고 티끌은 가
라앉고 서리는 아침에 내렸고

낮에도 우는 귀뚜라미가 긴긴 더듬이를 누이고 잠
에 든 대합실 어둑한 구석에서

손톱 밑이 까만 여자가 치마를 들어 올려서 가느
다랗고 때 낀 발목을 보여준다

틈새로 언뜻

잔금 간 땅바닥에 그림자가 누워 있다 야위었구나
이마를 짚는 손바닥에 미열이 묻어난다

청개구리의 등가죽이 말라 바삭거리는 때쯤, 손바
닥 펴 없으면 잔뼈들이 만져지는 때쯤,

수숫대들이 넘어진 들판에는 바람 쓸리는 소리 자
욱한 때쯤,

무인 간이역에 마중 나와 서 있는 누이가 보인다
누이는 곱사등이고 큰 눈이 검다

떨어져 있는 것들은 멀다 그래도 문 열고 내다보
며 불러볼까, 그러면

살 벗은 뼈처럼 떨며 대답하고 아니면 쓸쓸한 땅
을 걸어가는 발부리에 돌멩이처럼 차일까

여러 해가 지나갔고 어제 이름을 잊은 사람이 여러 해 전에 죽은 사람보다 멀다

폐광촌

4학년 교실 뒷벽에 붙여놓은 그림이 그랬다 검은 물이 흐르는 내를 검은색 크레용으로 칠했다

갱구의 아래쪽 공지에 광촌이 있었다 폐타이어로 눌러놓은 지붕과 낮은 처마 아래가 검었다. 더 아래 문턱은 캄캄했다

사람들은 눈자위도 낯가죽도 목덜미도 검었다 숯 같은 손가락으로 막걸리 잔을 젓곤 했다

30년 선산부 김 씨는 광대뼈와 콧날과 손바닥이 검다

땅속 4천 2백 미터 사갱의 끝, 무너진 막장에서 눈 감고 실려 나왔다 한 입 가득 탄을 물고 있었다 잇몸은 지금도 검다

파묻힌 동료는 거기서 죽었다

좌판 앞에 쪼그리고 앉아서 아까부터 힘겹게 돼지 껍데기를 씹고 있는 김 씨는 지금,

진폐증 말기다 목구멍에서 탄내가 난다 등가죽 위로 불거진 등뼈가 검다

폐포에 쌓인 탄가루를 쓸어내고, 섬유화폐조직과 결절들을 들어내고, 공동만 남은 폐엽을 마저 들어내고

가슴 한구석에다 깜깜한 막장 하나 마련해뒀다 내일은 죽어서 거기에 묻힌다

흙바람이 회오리를 말며 눈앞을 질러가고, 눈썹에 달라붙는 티끌 몇 점 떼어내고

여기는 물이 맑구나, 黃池*를 또 때렸다 검은 돌을

집어서 물 밑에 가라앉은 흰 돌을 때렸다

* 태백시에 있는 낙동강 발원지.

11월

갱구들을 모두 막아버린 뒤에도 탄전지대의 물은 어둡다 밑바닥이 보이지 않는다

며칠째 걸은 길이 또 전날처럼 어둡고

저기서 까마귀 울고, 한낮에도 흰 달이 떠 있는 하늘로 나는 까마귀는 날면서 울고

하루 더 어둔 길을 걷고 든 잠이 어제 든 잠보다 곤한

이튿날은

냇물이 마르면서 물 밑에 흩어진 돌들이 드러났다

돌들은 물보다 어둡고

어느 돌은 모가 섰고 쪼개졌고

날을 세운 버력이고

집어서 쥐었더니 손바닥을 찌른다 손바닥뼈에 닿고 손가락뼈에 부딪친다

뼈가 운다

달을 먹다

손가락을 높이어서 겨누더니 순식간에 자기 눈을
찔렀다, 하니! 두 눈을 움켜쥐고 저수지로 걸어 들
어간
　삼촌의
　물이 들어찬 뱃속에는
　보름달이
　잠겨 있었다

뒤따라 걸어 들어간 여자는 사지를 벌리고 누워버
렸다 건져 올린 여자의 속눈썹에는
　서리 내린 듯 달빛이 묻어 있었지만
　정작은, 거의 베어 먹고
　흰 잔영만 남은
　눈썹달이
　잇바디에 물려 있었다

옛적에 가옵신 선인들께옵서도 달님을 젓수시었겠지요?

家系의 암흑과 빠져 죽는 내력에 대하여는 대답
못한다

　내 차례가 왔다

　며칠째 저수지를 배회했지만 나는 눈이 어둡고,
물은 깜깜해서
　걸어 들어갈 길이 보이지 않는다

　無明이 나를 살찌웠다 나는 눈초리까지 살이 쪘다
나의 찐 살은 나를 가리었고, 지금은 훨씬 찐 살이
　달을 가리고 있다 나는 암흑 속으로 걸어 들어간다

가슴을 때리다

바위에 이마 대고 오래 울다 간 사람이 있다 바위
가 젖어 있다

바람에 등 대고 서서 등 뒤가 허물어지는 소리를
들은 사람이 있다

등판에는 바람 무늬가, 등덜미에는 바람의 잇자국
이 찍힌 사람이 있다

무릎걸음으로 걸어서 닳은 사람 있다 물 바닥에
무릎 꿇은 사람 있다

두 손바닥 포개 짚고 엎드려서 이마를 댔던 자국
이 물에, 우묵하다

바짝 마주 대고 마구 누구를 때렸던가, 움켜쥔 주
먹이 멍들었다

겨울광장

눈은 지붕과 보도와 계단을 덮고 사람의 아래를
묻었다 평촌역 광장 서쪽, 카페 Space의 유리창에다
그물을 치고 있는 눈발 사이로 그의 뒷모습이 보였다

"2003년 추석이 가까워 올 무렵 어머니가 세상을
떠났다. 어머니는 숨을 거둔 지 이틀 후에 암을 앓고
있던 둘째 아들도 함께 데려갔다. 어머니는 묻고 아
우는 태웠다. 내 생애의 가장 길고 아득한 일주일이
었다."*

맏아들이자 형이고 그 아우의 아버지이기도 했던
그는 이렇게 썼지만,

문득 떠나는 일과 떠나보내는 일이 왜 아득한가에
대하여, 손잡고 길 떠난 이들이, 또는 이쪽에 서서 지
켜보는 사람이, 어떻게 아득해지는가에 대하여

나는 무지했다 마냥 아득한, 오래되고 많이 깊어

졌을 이야기의 시작과 끝을 어림할 수 없었다

다만

그 가을에 이어서 겨울이 왔고, 그 겨울부터 내린
눈은 그치지 않았으므로, 설령 겨울이 아니더라도,
내다보이는 풍경에는 늘 눈이 내렸다 걸어가는 그의
어깨에 눈이 쌓였다

   * 서종택 소설집 『圓舞』의 머리글 부분.

無等
─文淳太에게

무등이 거기에 있다 했으나 보이지 않았다. 차라리 거슬러서 산허리에 오르고, 돌들이 오래 서서 자라는 터에 이르러, 일어서서, 나날이 저물며 어둑해지는 어림을, 어느새 어두워진 한 시대를 바라보았다.

벌써 나는 깜깜했다. 앞 못 보는 자가 되어 돌부리를 밟았다. 눈자위에 피가 고이는, 뼈마디들이 발열하는 나날을 배회하며 내가 걷는 발소리를 들었으나, 내 발소리를 밟고 오는 다른 발소리가 들렸으나,

발소리보다 길게 그림자가 끌리는 소리도 들렸으나,

누구이냐, 神이 거기에는

실재하느냐,

묻지 않았다.

이마를 대고 기대거나 주먹 쥐어 가슴에 얹고

지낸

여러 해가

지나간

여러 해

째의

하룻날에는

문득 울리는 큰 목소리를 들었으니, 멈춰 서서, 어디인가, 둘러보는 나의 눈앞에

거기가 있었다. 거기에서 사람들이 젊고 혹은 고독했다. 밤이 깊어도 걷는 사람은 새벽까지 걷고, 누구나 이마가 빛났다. 그러하지 아니한가.

멀리에서 먼 길을 오래 걸어서 이른 것이니, 광주를, 광주에 솟은 무등을 보는 것이니,

충장로

멀리 있는 것들이 빛난다. 남자가 임신한 여자의
만곡과 만삭 안에 여자가 임신한 남자의 만곡과 만삭
이 웅크리고 있다. 시간의 아래쪽은 오래전부터 어둡
고 체모가 자라는 하루마다 한 금씩 금이 가는 여자
의 자잘하게 부서진 표정들이 빛난다. 비를 보며 굳
던 여자의 사기질 눈자위와 미끌한 어깨를 손가락을
디밀어서 만졌다. 사랑한다고 말한 몇 해 뒤에야 여
자는 고개를 돌려서 남자를 보았고 남자가 벗고 처음
으로 여자를 안은 그 밤에 여자의 벗은 몸은 체온이
없었다. 빗발들이, 눈앞에다 빗금의 발을 친 빛살들
이 빛난다. 머리기사와 흑설탕 맛과 커피 냄새가 뒤
섞인 거리의 모퉁이를 돌아가면 거기, 가 언제, 의 끝
이다.

2001년 광주

　그 너머, 서쪽에서, 영산강이 빛났다. 완고했으므
로 주먹 쥐어 탄착점에다 올려놓았던 사내가, 성한
팔로, 걸음마다 뼈마디에서 소리가 나는 여자를 부
축하고 걸어가는, 긴 골목길의 저어 끝, 전신주 그늘
에, 죽은 뒤에도 떠나지 않은, 훌쩍 키가 자란 시민군
이 탄창 없는 칼빈총을 기대 세워놓고 기다리는, 그
너머, 햇살 쏟아지는 강물 위로, 한 마리, 또 한 마리,
새가 내리꽂았다.

그, 해에

잎 진 가로수와 바닥에 널린 낙엽에 햇빛이 내려
와 있었다

금남로를 걸어가는 형님의 어깨선이 시려 보였다
그, 의 큰 웃음소리가 들렸다
"아, 이놈들이, 그란께……"

꺾인 햇살이 지금은 묻혀버린 보도블럭의 틈새에
꽂혔다 걷는 길 여기저기서

틈새들이 빛났다

우리는 절망을 말하지 않았다 오로지 견디었다

그, 도시의 그늘이 이 도시를 덮었다 그, 날이 저
물던 것처럼 하루가 또 저물면서
사람들은 꾹 입을 다물었고 조심조심 땅거미를 밟
고 갔다

그, 이래로 저녁은 빨리 오고 그, 직후처럼
조용했다

뒤꿈치를 들고 곧추서야 건너다보이는 그, 땅에
두텁게 어둠이 쌓이었다

멀리서 희미하게 기침소리가 났다 뒤따라서 다른
한 사람이 기침을 했고

아직까지 걷고 있는 사람은
오래 걸어서 피곤한 걸음걸이로 가로등 불빛이 내
리비치는 빛무리의 중심을 질러갔다 또는
숨죽이고 골목길을 걸어 내려갔던 그, 밤까지
외줄로
발자국을 찍고 갔다

남은 사람들은 눈을 뜨고 유리창에 성에가 덮이는
새벽까지

깨어 있었다

읽던 책을 덮고 일어나 불을 끄고 마루 위를 서성
거리거나 창유리에 얼굴을 대고

바깥의 전적인 어둠을 내다보곤 했다

그렇게 우리는 한 시대를 기억했고

그렇게

시대는 간다

별이 별에서 별로 건너갔다

시민, 들

1.

큰 다리의 아치 위에서 사람이 떨어졌다 큰 강은
막혀 있는 것을…… 웃통을 벗은 사람들이
　창을 들고 뛰었다 강에다 대고 창질을 했다 강은
뚫리지 않았고
　창날은 바닥에 꽂혀서 떨었다

2.

사방에서 불어온 바람이 줄지어 늘어선 나무들을
흔들었다 아이들은 머리칼을 날리며
　바람의 아래를, 검고 빛나는 팔다리를 흔들며 강
가를 달렸다 유목하는 청년들이 말들에게
　물을 먹였다 부족의 움집 안으로 늙은 말이 목을
들이밀었다 밤을 지새운 사람들은
　땅을 깊게 파고 죽은 족장의 죽은 몸을 내리어 묻

었다 무겁고 큰 돌을 들어 얹어서
　죽지 않은 혼을 눌러두었다

　3.

　높은 담장의 뒤쪽에서 컹, 컹, 컹, 개 짖는 소리가
났다 밤은 길고, 사람들은 그림자를 끌면서
　느릿느릿 街角을 돌아갔다 아이들은 샛강에 나가
　어둔 물을 향해 돌을 던졌다

　강 건너에 사는 부족들이 강 건너에다 불을 놓았
다 여기 사는 사람들은 여기에 모여서
　홰에 불을 붙였고, 총체적으로 포즈를 취했다 그
리고 써서 붙였다
　'시민, 들'

4.

우리는 강 아래로 뚫린 터널을 걸어서 여름내 물에 잠긴 저지대로 간다

자지 말 것을, 침묵할 것을, 기다릴 것을……

잃으면서, 잊지 못하면서, 또 잃으면서, 같은 시대를 사는 사람들 사이에 강은 흐른다,
고,
한 사람이 손가락을 세워서 가리킨다 큰 다리의 아치 위에 사람이 서 있다

2013년 서울

불안이 나를 이 도시에 머물게 한다 몇 사람은 떠났고 소식 끊은 사람 여럿 있다

여러 해에 여러 별이 빛났고 또 죽었다 별 여럿 묻힌 여러 자리가 거뭇거뭇하다

입 벌리고 하늘을 보았고 만나서 손목을 쥐었다 혹은 오랜만에 주먹을 부딪치고

전복과 반전을, 실의를 말한다 개종에 대하여, 일탈에 대하여, 착한 사랑에 대하여,

단순해야 한다 기억한 것들을 기억한 대로 기억하게 하라 아프게, 오래, 기억하라

살아서 사람을 죽인 자의 자식이 죽어서는 죽은 자기를 죽이는 풍속을 상속한다

ism, 각주, 모순, 고의, 극한, 잔재와 격차, 덫, 촛불이 켜져 있다, 너, 그리고 시민들,

견디며 극복한 사람은 마지막에도 고독하다 저만치에 걸어가는 뒷모습이 보인다

지나친 사람의 뒤쪽을 다시 지나간다 텅 빈 하늘에 햇살 한 줄기가 휘어져 있다

제4부

빈 소리

양양의, 法水峙로 더듬어 들어가는 골짝에 가면 너
왓장 틈새로 하늘이 내다뵈는
찻집이 있다
몸집 큰 개를 가리키며 물었더니 주인과 손님을
나누지 않는다 하고, 또 대답하기를
짖는 짓도 그만두었다 한다

개 짖는 소리마저 그친 골짝은
적막했을 것이다 이따금 찌르렁 울었을 것이다 잔
이슬이 내리고 젖어서 척척해졌다가는
어느새인지 마르곤 했을, 젖으면서 마르면서 조금
씩 야위는
골짝에
시름이 골 깊다 와서, 못 떠나고 머무는 이유다 약
도 못 쓰고 며칠째 앓는다

개는 먼저 눈을 감았고
주둥이를 잠갔고

들을 일 없다, 귀를 덮었다
　허리를 길게 늘여 땅바닥에 깔고는 앞발을 모아서
턱을 얹었다 그리고는 내내 조용하다

　갈참나무 몇 그루가 헐벗더니 마당에 가랑잎이 한
벌 깔린다 내다보며 찻잔을 비운 뒤에
　개에게로 걸어가서
　눈가죽을 연다 텅,
　눈 속이 비었다
　그동안 버려둔 주둥이 속과 귓속 사정은 또 어떨
는지
　이빨들은 넘어져서 나뒹굴고 귀청은 찢겨서 널려
있고…… 그렇게 휑하지 않겠는지

　뒷산 그림자가 처마 끝을 덮었다 설핏하게 햇살이
얇아졌는데 주인은 사립 밖 멀리까지 길을 쓸고 있다

　양양의

외지고 좁고 여러 번 막히더니 겨우 트인 골짝 안
에, 길을 가다 쉬다 그만 아랫몸을 부린 듯이
  한 찻집이 주저앉아 있다
  앞뒤 산이 그늘을 겹쳐서 금방 어둡고 급하게 땅
거미가 내려서 골바닥에 누운 굵은 돌들이 검어질 때
  굽으며 깊어지며 한 번 더 굽는 골짝을 따라 서너
구비 더 굽어 들어간 거기 어디쯤에서
  컹,
  컹,
  개가 짖는가 싶다

제5부
1960년대에 쓴 시편들

雅歌 1

도어를 밀면
소파에 등을 기댄 樹液質수액질 生成생성의 농도.
죽음에 다정한, 보다 우울한 美미 안에서
나의 사랑이 성숙한 슈미즈의 갈등은
붕괴하고
어느 날 돌이 된 나의 눈에 박히어
이름 지을 수 없는 예감이 되었다.
그래서
無垢무구한 모든 것은 따뜻하고
나의 손끝에 닿는
하늘은
찬가.
가면 오지 못하는
그러나 어디론가 옮아가는 事象사상을 위하여
나는 증여할 언어 하나
없다.
소파에 기대인, 저러한 농도를 金금으로 굽던
햇빛이

사금파리 소리를 내며 쏟아지고 난 뒤

〈그때 나는 지상에서 얻어온 빛으로 두개골의 구
멍마다 불을 켜야지〉

실내의 중심에서 손을 들고 일어선 純粹持續순수지
속의

환한 육체,

사랑이여

너는 나의 눈확 속에 뒹구는 사유의 돌조각.

* 1963.

114

雅歌 2

1

종일
낭비를 본다.
지천으로 흔한 햇빛과 바람,
하오의 창에서 消失_{소실}되는
병을
본다.
그것은 먼 기억으로부터 돌아오는 목소리,
혹은 무수한 잎을 해체한 한 그루 과목이 땅속 뿌
리를 깨우며
다시
치밀한 촉수를 세우는, 生成_{생성}의
예감이다.
나의 손이 더듬는 신체 위에
잎이 피어나듯
짙은 빛깔과 향기를 불러오는
美意識_{미의식}의 싱싱한

坐定좌정,
너와 나는 그만한 거리로 이웃하는
서로의
照應조응이다.
한때 잃어버린 둥근 음향이 되살아나는
完熟완숙,
내 내부의 골편에도 풀물이 드는
채광 속에서
너를
집는다.
淡水담수처럼 연한 透視투시의
인과의 살덩이가 숨을 쉬는
벌거벗은 관념을 입에 물고 살이 터지는
너는
꽃일 것이다.
아직은 봉오리 안에 凝晶응정한
어둠일 것이다.

2

어느덧 3월 하루,
빛살 바른 창에서 획득되는
병을 본다.
비로소
잉태하는 것들의 아랫부분에
다사로운 볕이 감기고
병은 다시
스스로 빛을 얻는 공중에 매달리며
짙은 초록의 密度밀도, 한 알의 둥그런
무게가 된다. 과일처럼
손바닥에 떨어진다.

* 1963.

短想

내가 나일 수 있는 한계다.
가변 눈짓 같은 것으로도
보다 간절한 의미를 불러오는
聯想연상의
아직은 넘어오지 못하나
分別분별의 저쪽에서 눈뜨는 純粹순수를
너는
풀잎으로 닦는다.
無形무형한 것들이 더욱 절실한 事象사상으로 빚어
지는
관계 속에서
내 주변 어디서나 빛을 얻는
눈부신 反應반응들의
순위.
거기를 가면, 너는
아무도 들어가지 못하는 탑 안에서 불타는
한 가닥 純度순도이다.
부르면 너의 盲目맹목이 눈뜨는 잠시

하늘은 내게로 내려와
손바닥에 앉는다.
―차가운 유리.

* 1963.

病後

전에 떠났던 자리다.

손짓이나 인사 같은 것, 잎사귀를 굽던 溫和온화 같
은 것들,

모두 흩어진 뒤다.

무섭고 조용한 사랑의 여가.

복도는 어두우나 낯선 사내의 불타는 손이 가는
것들의 야윈 등 뒤를 기리 밝히는, 실로 모호한 시간
의 안팎을 왕래하고, 안으로 기운 계단의 발자국을
지우는 오후, 우연인 듯 내게 떨어진 등 시린 볕 속에
멈춰 서서

육신이 소모된 뒤 살가죽 아래 비치는 가늘고 흰
뼈를 본다.

─초산냄새

수건으로 정히 닦는다.

* 1963.

노을 소묘

부활절이 다가온다.

요즈음 하늘의 식탁은 조용하다.

뭐라 낮은 소리로 속삭이고, 더 많은 말을 눈짓으로 하고, 여인들은 상기한 얼굴로 그릇을 들고 온다.

돌문이 열리기 전, 의식은 날랜 손에 빛을 얻어들었다.

그중 이마에 標識표지가 있는 한 노인이 있어 희고 환한 光輪광륜 아래에 먹음직한 과일들을 차려두었다. 어쩌다 그는 구름 저편에서 손을 뻗쳐 그것 하나를 불쑥 내민다.

지상을 적시는

이

사과냄새.

* 1963.

빛의 肉體造形

1

안개가 이는
形相형상의 뒷골에
최초의 빛살이 가늘게 흔들리는
길고 어두운 복도가 보이는
때의,

인부들은 정을 두드려 안개를 캐내고
선착장은 끝없는 출하를 되풀이하나
저물녘 어둠에 이어지는 탐색의 작업은
나를
내 안에서 눈뜨게 한다.

2

내 시야를 일깨운

저 넘쳐나는
生成생성의
내 키만 한 신체의
透明투명을.

3

창 쪽에서 손이 따뜻한 때가 있을 것이다.
온화로부터 비치며, 길이 청명을 거느린
창, 창 쪽에서
눈뜨며
저마다 빛나는 응시를 얻는
눈부신 지각들.

사색의 때
야윈 손가락에
따뜻한 것이 묻어날 것이다. 한 사람의

뜨거운 근육을 불러일으키며
묻어나는 빛의 분말, 그런
溫暖온난이.

4

어쩌다 내 팔의 구속 안에서
결빙한
얼음 기둥인 네가 누워 있던
눈 구덩이,
해빙은 몇 개의 풀잎으로 그 윤곽을 서성인다.
4월에 네가 되살아나는
네 몸만 한 크기의
초록인
풀잎으로 얽어 짠
네 체적의
눈

구덩이,
몸뚱이만 한 크기의 풀 다발인 너,
보다 우연한 轉移전이의
석류
한
그루,
육신이 육신을 벗고 살이 터지는
내부에서
눈
뜨는
여러 개의
驚異경이들.

5

　세계가 열리기 시작한, 처음 어둠에서 일어나는
바람이 있었고, 해가 있기 비롯하여, 서로의 눈짓이

기다림을 일구던,
　경치는 한 쟁반의 초록을 담아 든다.

　출렁이는, 차츰 퍼져가며 높이로 차오르는
　빛과 향기,
　풋풋한 대지에서 잠을 깬 아침이
　혼수의 꺼풀을 썻고
　지난밤 절망으로 넘어진 내 육신을 일으키며
　키를 세우는

再生재생의
환한
起床기상을.

6

21세. 그 귀향은 나를 놀라게 했다. 10월의 나무와
풀잎과 돌계단과 길이 모두 햇볕에 달아 있었다. 며
칠인가 달아 있던 대지가 한나절의 벽공으로 일제히
밀어 올린 수천의 가지들마다 알알이 맺히며 붉게 익
는 과실들이 빛남이여!

7

오늘 하루, 피안에서 내리는 빛살이 의식의 안쪽
에서 흔들리는 음영들을 낱낱이 밝히며, 일순에 한

식탁으로 획득되는 원숙한 과육을 본다.

  우연이듯

  디디면 발이 시린 叡智_{예지}의 삼림에서

  한 번 죽었던 이들의 반쯤 흙이 된 얼굴에

  섬광이 일고

  불이 되어

  타는

  눈부신 顯示_{현시},

  보다

  첫눈을 뜨는

  양지의 光度_{광도}와 화사한

  채광의

  꽃밭에

  길이 열리고

  지상의 언 樹皮_{수피} 밑에 비장한

  초록의 속눈을 부르는

  모르는 이가 보다 높이 現身_{현신}하여

  불타는 손을 드는 것도,

8

끝내 찾아내고 말 것이다.
내 의식의 침몰을,
어제의 出帆출범은 위태로웠으나
바닷속 깊은 물살에 좌초한
舷窓현창의, 누군가 자리를 비워둔
차고 자욱한 시간의 윤곽에 투신하여
내 팔이 얽어맨
사유의 희고 가는
골격을,
빛이 걷히기 전, 어딘가 캄캄한 해구에 좌초한
등 푸른 물살과
자정에 더듬는 여인의
살의 이랑이
내 안에서 기진하나
늦은 바다로 귀항하는 수부의
피곤하고 긴 등허리를 넘어오고

야위며 드러난 가슴 안쪽에서 어진 눈을 뜨는,
오직 하나 남은
母音모음도.

9

마침내
내 어머니 살의 방에서
어머니 목숨을 먹고 내가
形象형상되듯
내 몸의 살 속에 몰입한
속살이 비치는
投身현신의, 환한
이미지.

10

젊은 신부의 아랫몸에 한 점 뼛조각으로 박혀 있던
나는, 또
내 아랫몸에
젊은 한 사람의
때 묻지 않고 살 속이 비치는 수부를
잉태한다.
동반을 거절한 死者사자와 生者생자가
한 살가죽 안에서 육신을 겹친
나는
때 묻지 않고 살 속이 비치는
수부이므로
바닥없는 海溝해구에서 침수한
시간이 끝없이 친숙한 것들을 불러오는
아침의
내 몸만 한 크기의 透明투명,
속,

살덩이와 뼈마디 사이에서
形相형상을 企圖기도하는
육친들의
그 두개골에 빛이 일어 내재한
千천의 촉루를 본다.

* 1964.

132

孕胎期

1

빈집에서 머문다.
저문 날
광에는
몇 섬이나 안개가 쌓였다.

길을 모른다.
여자를 기다리며, 오래 주고 싶던
내밀한 것들을
줍는다. 밤에는 오직 별이
모일 것이다.
별을 위하여 묘지는
모든 봉분을 열고
죽은 이들의 두개골에
낱낱이 불을
밝힐 것이다.

2

여자 몸에 든
죽은 아이의 이름을 잊었다.
내 속에서
더 많은 아이들이 죽는다.
모든 潜在잠재한 것들은
神신이다.
손톱과 발톱을 밀고
거처의 빗장을 걸어두었으나
한밤은
내가 내장한 것들을 일깨워
목숨을 줄 것이다.

나는 많은 아이들을 여자 몸에 두었다.

3

모든 이웃에 두고 온 童貞동정을
염려한다. 內宿내숙한
아이의 혼례를 위하여
내 남은 한 개 갈비뼈를 닦는다.
자정에
어둠 속에서 여자의 흰 몸이
나를
통과한다.
시간을 잊은 여자가, 벗은
속살을 들고
문밖에
섰다.

* 1968.

선율

그리고
계절을 만난다.
물 흐르듯 이어지는 하루
주변에서
강을
보낸다.
내면의 어디론가 떠나는 것들
곁에서
오랜 동행이 늘 피곤하던
持續지속의
끝
문득 마주한 저 높이의
純粹순수
그 한없는 상승을
본다.

어쩌다
海溢해일 지난 뒤 비워둔
깊이 모를 不在부재

아니면
끝없이 출렁이는 침몰의 때에
늦저녁의 숙취에서 깨어난 사람들은
기인 揚陸양륙의 시간을 지나며
낱낱이 등불을 밝히고
몰입하다 머뭇거리며 돌아온
해협은 어두운 하역을 되풀이한다.
마침내
明證명증의 기인 회랑을 빠져나온
아침이
초록 빛살로 받쳐 든 한 식탁의
成熟성숙
그 풋풋한 언저리를 더듬는
손의 지향으로
持續지속은 다시 강을 이룬다.
종일
돌아온다.

* 1969.

산책

여름내 걸었으나 잎은
그 치밀한 四圍사위를 열지 않았다.
돌아와 보면, 풀물이 퍼렇게 든
살가죽과 푸른 뼈의
顯示현시.
아직 가야 할 먼 길을 오래 생각한다.
문득 만난 가을에
지평을 열고, 잎이 스스로를 해체하는
숲에 머물며
거죽과 속살을 벗고
한나절
消散소산하는 광망 속에서 하얗게 바래지는
골격으로 서서
다시
이 심한 바람 속에 갇혀, 내가
아직 있다는 것을
생각한다.

* 1969.

작별

누이 죽었던 강 노을이다.
떠난 것들은 늦은 밤을 건너가고
삼동의
먼 불빛이 흔들리는 江心강심 깊이
虛妄허망은
수척한 몸을 누이었다.
보다 깊은 곳, 그 침하하는 언어의 주변에
언 손을 들고 내려온 너, 나, 친구여
서로의 이름을 잊은 지 오랜
만났으나, 우린 눈이 먼
無明무명이다.
떠난 것들이 먼 곳에 이를수록
더욱 많은 것을 잊는다.
밑 빠진 밤을 내려와
온갖 消失소실한 것들을 불러들이나
산지사방, 모르는 곳으로 이어 떠나는
우리는 다만
먼 날에 흐르는 강이다.

보다 먼 곳, 우리가 지워진 無明무명의
어둠 속에서
누이는 옛날의 긴 손을 길게 끌어내려
부푼 아랫몸 비치는 치마를 들어올리고
너 닮은 아기의
一瞬일순의 빛나는 눈짓을
보여준다.

아직 머물고 있는 것은 없는가.
어떤 탐색의 손도 미치기 전에
지상은 가득했던 잎을
거두었고
하늘은
두 팔의 비치는 깃을 높이 폈다.
어쩌다 시력이 회복되는
시야에서
飛翔비상은
희고 큰 날개를 퍼덕이고 있다.

친구여
우리의 밤이 깊이 취한다.
마비된 사지에 매달려 風飛풍비하는 것은
돌개바람이 아니다. 살을 벗는
누이가 아니다.
실신하기 전 우리는
일천의 뼈마디마다
어지러운 바람 폭을 잡아매야 한다.

삼경이다.
머리 위를 지나는 바람은
흐르는 은하의 물소리를 더 길게 흐르게 하고
낮은 강을 더 낮게 끌어내려
빈 누이 가슴팍에 고이 재운다.
돌아가 쉴 때다.
가변 손을 흔들며
언 땅을 걸어가는 너의 그림자 위로

별은
사태를 이루며 쏟아지고 있다.

* 1969.

龜裂

수확한다. 가득하다.
수를 헤아리지 못한다.
너른 광인데
넘치고
햇빛이 모여든다.
더 거두어드린다는 눈치다.
차츰 쌓이는 과실만으로 비좁은
뜨락,
귀퉁이
풀잎처럼 무성하게 서걱대던 빛살이
한쪽으로 스러지고
언뜻
윗몸이 맨살인, 늘 말이 없는
園丁원정이
보였다.
지열이 들끓는 듯, 흐느낌이, 그의
구릿빛 휘인 동체 위에서
물결치다 잦아들었다.

이윽고
식는 등가죽에 조금씩 금이 가고
균열이 보였다.
한나절
익은 볕이 쌓인다.

* 1969.

새의 滅入

재빠르게, 종일 솟아오르는
새의 지혜를 아는가, 당신은,
새의 망막에도
바다의 침몰은 똑똑히 새겨져 있고
작은 부리에 쪼인 羽毛우모가
하늘 높이 새의 동체를 매달아두었음을
아는가, 어째서
한 마리 새의 목젖 안에 둥근 수평이 담기고
그 작은 가슴에 꽂힌
하늘은 金금의
화살인 것을, 지금
나는 새의 날개 끝에서 털린 별들은
地殼지각 틈, 틈에 낱낱이 박혔고
깊이 침하하는 海丘해구를
빛의 그물코로 얽어 짠
언어가
비상하는 새의 조망 속에서
나래 친 일순의 섬광이

깨어난 이마빡에
돋아 있는, 두 눈의
번쩍이는 魂혼인 것을
아는가, 다만 퍼덕이는 기척만, 먼
당신의 고막에 남았고
하늘 끝에 滅入멸입한 새는
이미 수평에 박히는 첫 별,
빛인 것을,

* 1969.

聖. 汭陽邑에서 詩 긁기

　남산 잔디가 희게 바랬다. 邑읍이 차게 식는다. 겨울을 위하여 채석장의 석수들은 溫和온화로부터 비치는 모든 光塊광괴를 캐냈고, 주민들은 창고와 숲에 수 톤씩의 햇빛을 저장해두었다.

　이른 겨울 햇살이 내리는, 아직은 볕바른 들판에 나가 순한 빛의 이삭을 주울 수 있다. 모아들인 것들이 서로의 친숙한 가슴에 스미어 따뜻하게 發光발광하는 몇 개의 모음을 일깨운다. 창을 자주 닦고, 눈 오기를 오래 기다리며, 생각한다.

　생각한다. 볕바른 구릉에서 잎사귀를 말리며 하얗게 바래던 바람의 깃과 이름 주어 내 것으로 갖고 싶던 여러 가지 것들을. 볕에 타는 숲 자락을 걷고 숨은 지층에 새겨둔 조형이며, 빛나는 초록 잎과 이슬과 들꽃과 볕바른 採光채광의 형상들을. 늦은 계절의 우수와 凋落조락과 작게 마른 상념들을. 어딘가 모르는 곳에서 길게 울려오던 둥근 음악을.

그리고

내 뼛속 깊이 내려온 思辨사변의 뿌리들을, 죄처럼

구제받고 싶던 가난을, 그 공황을

기억한다.

기억한다. 첫 音음을 기다리던 복도의 정적을, 강

줄기를 질러오던 푸른 햇살을, 등 뒤로 따라오던 강

물소리를, 바람이 숨죽던 산자락을, 눈 그늘이 숲처

럼 짙어지던 오후를, 땅거미가 깔리던 골목을, 저녁

이 늦어지던 만남과 어둠에 몸을 겹친 언덕의 풀냄

새와 별빛과 눈물을, 불 켜진 뒤창이 바라보이던 솔

숲의 바람소리를, 山寺산사의 달빛과 이슬 젖은 새벽

을, 도시의 긴 포도와 안개를, 가을 뜨락에 내리던 햇

살을, 갓등 불빛 아래에 눕던 거리의 음영을, 환하게

햇살 비추던 街角가각을, 내 목숨에 핏줄 내린 한 영

혼을,

나의 모든 한 사람을,
사랑한다.

사랑한다. 건너편에서 나직하게 부르는 목소리를,
오래고 긴 헤어짐과 잠시의 해후를, 늘 야위어 피곤
하던 그리움과 그런 날에 걸은 노을 아랫길을, 떠난
이의 자리에 내리던 별빛과 구름과, 꽃잎이 속눈째로
떨어져 내리던 먼 하늘의 사무침과 통곡을.
그리고 끝없는 기다림과, 되풀이되는 배회와
공허와
집착과
두렵고 우울한 예감을, 그때마다
내가 나를 죽이고 새벽까지 기진하던 여러 밤들도
오직
사랑한다.

이제, 열두 해의 긴 물굽이에 새긴 자국을 깊게 덮
고, 한 사랑의 銘文명문을 가슴 안에 묻는다. 한 시기

에 모은 문자들을 잘게 부수고, 관념의 갈피에 끼워
둔 몇 편의 시를 접어 단단하게 묶는다. 시를 끊는다.
　한 나를 남겨둔다. 나를 떠난다.
　남은
　많은 울음만을 간직한다.
　이어오는 날들이 비참하고, 더 오래 이어오는 나
날이, 눈을 뜨고
　지새는 새벽까지,
　길게
　고독하다.

　어디든지 많은 별들이 떨어지고, 별빛을 털어낸
큰곰자리는 마른 숲을 지나는 바람소리로 가득하다.
눈 내리는 길을 떠나기 전 며칠을 별빛이 내리는 강
의 곁자리에 나란히 눕겠다.

　＊1969.

150

세상의 풍요에 저항하는 이의
가난의 먼 행로

정 과 리

> 누가 내 동공에다 정을 대고 쪼아서
> 오래전에 먼 눈빛을 캐내고 있다
> ──「예감」 부분

> 거울이라기보다는 떨림……
> 휴지이면서 동시에 애무.
> 이끼들의 합주 위로 수궁(水弓, archet liquide) 악절 하나.
> ──폴 클로델, 「떠오르는 태양 속의 검은 새」

적빈성의 시

모든 것이 넘쳐나는 시대에 시라고 예외일 수는 없다. 그것이 꼭 풍요가 아닌데도 풍요에 대한 환상으로서 혹은 그에 대한 원한으로서 곳곳에서 과잉은 보편적 현상이 되어가고 있다. 오히려 풍요가 결여됨으로써, 아니

차라리 풍요의 관념이 결여로 설정됨으로써, 그 텅 빈 중심 바깥으로 광활한 욕망의 파문이 전방위로 퍼져 나간다. 21세기 들어 한국의 현대 시가 사회의 음지로 쫓겨난 상태에서 그토록 요란한 이미지의 과격성 속에서 몸부림쳤던 것은 그 역시 그 보편적 경향의 네트워크에 사로잡히지 않을 수 없었기 때문일 것이다.

이런 문제를 의식적으로 자각한 시인은 그리 많지 않다. 그리고 그것 자체가 시적 수준의 척도로 작용하지는 않는다. 많은 시인들은 그런 문제를 무의식적으로 감지하면서 그 현상을 폭로하는 일과 반성하는 일을 동시에 수행한다. 때문에 중요한 것은 21세기 시인들의 이미지의 과격성이 아니라 그것의 내부에 도사린 정신적 긴장이다. 현실의 분위기를 체현하는 수용 작용과 그에 대해 저항하는 반발 작용 사이를 채우는 정신적 밀도이다. 이 움직임이 무의식적 차원에서, 즉 몸의 실행의 차원에서 일어난다는 점에서 이 밀도의 수준과 효과는 시인에게서 나온다기보다 시 쓰기로부터 나온다. 그리고 시 쓰기는 시인의 손을 빌려서 시대 전체가 쓰는 것이지, 시인 혼자서 쓰는 것이 아니다. 시인은 시대 전체가 특별하게 주조된 형상으로 자신을 드러내는 그 방식을 '주도'함으로써 자신의 창조성을 수행한다.

그러나 그렇다 해도 환경과 문학의 동형관계라는 이 문제를 의식적으로 자각하는 건, 혹은 의식적이든 무의식적이든 시대의 경향과 다른 방향의 시의 분면을 열어 보이는 건, 그 나름으로 의미심장한 일이다. 무엇보다도 그것은 세계에 대한 비전의 상이한 버전들을 탐색게 하는 계기이다. 방금 전에 말한 시대 전체의 시 쓰기가 내연(內燃)의 작업이라면, 이러한 일들은 '바깥으로부터의 궁리'에 해당하는 것들이다. 다시 말해 지금·여기와는 다른 언젠가·저곳의 삶의 가능성에 기대거나 그것을 그리면서 전자의 현실에 개입하려 한다.

위선환의 시적 작업이 오늘의 시대적 환상/현상을 의식적으로 문제 삼고 있는지는 분명치 않다. 하지만 풍요와는 정반대의 풍경을 비추어 보여주고 있다는 것이 그의 시의 가장 두드러진 특성임은 틀림없다.

춥고, 내다보니 바깥이 비어 있다
오직
새가 퍼덕이며 할퀴어대며 우짖는다
　　　　　　　　　　　—「허공은 날카롭다」 부분

에서 보이듯, 그의 시의 기온은 낮고 공간은 텅 비어 있으며 (그리고 대체로 조용하다) 거기를 헤젓는 존재는 '혼자'이다. 이 광경을 바라보는 이는 물론 화자인데, 그러나 직접 시의 무대 속에 참여하는 인물들도 있다. 그 인물은 그런데,

누가 내 동공에다 정을 쪼아서 오래전에 먼 눈빛을 캐
내고 있다

—「예감」 부분

에서 읽을 수 있는 것처럼 눈이 먼 사람이기 일쑤이다.
그는 무명을 보고 있는 것이다. 게다가 이 맹인은,

나뭇잎이 지는 날씨와 하루가 수척한 것과 마지막에 빛
나며 사라지는 것과, 나, 수평이다

—「수평을 가리키다」 부분

에서 보이듯, "마지막에 빛나며 사라지는 것과" 나란히
있다. '나란히 있다'는 아직 해독되지 않았지만 유사한
운명을 얼마간 암시한다. 여하튼 그가 바라보는 시의 무
대 속에 등장한 존재들은 모두 사라진다.

천 마리씩 떨어지는 여러 무리 새떼들이 바짝 마른 가
슴팍을 땅바닥에 부딪치며 몸 부수는 저것

—「폭설」 부분

폭설을 묘사하고 있는 이 광경에서, 폭설은 우선 "여
러 무리 새떼"로 나타났다가 "몸 부수"며 사라진다. 그

154

때 저 새떼들이 "바짝 마른 가슴팍을 땅바닥에 부딪치"
는 것은, '시야의 부재'를 암시한다. 즉 그들도 앞서의
맹인과 마찬가지로 무명에 갇혀 있는 것이다.

요컨대 위선환 시의 배경, 인물들은 두루 비었거나 비
어가고 있고, 어둠 자체거나 어둠 속을 헤매고, 적요하
거나 침묵 속으로 가라앉고 있다. 이러한 유별난 특성을
가리켜 오늘의 '풍요'에 대비하여, 그의 '적빈성'이라고
부를 수 있을 것이다.

이러한 위선환 시의 '적빈성'이 어디로부터 연유하는
가? 「폭설」의 수일한 이미지는 그것이 오로지 형상이기
때문에, 좀더 정확히 말해, 형상의 휘황한 확대이자(눈
→ 새떼로의 전환), 곧바로 그것의 충격적인 산화(散華)
의 형상적 과정 그 자체일 뿐 어떠한 해석도 배제되어
있기 때문에, 독자의 가슴을 더욱 놀라게 한다. 빛나는
캄캄함인 것이다. 왜 이렇게 뚜렷한데도 요령부득인가?
도대체 이것이 뜻하는 바가 무엇인가? 그것을 찾기 위해
독자는 두 방향으로 더듬이를 놀린다.

최초의 시작

하나는 그의 시의 전사이다. 시인이 밝힌 경력에 의하
면 그는 1960년에 등단하였고 9년 동안 시를 쓰다가 무

슨 연유에선지 절필을 하였다. 그리고 2001년에 시를 다시 쓰기 시작한다. 사석에서 시인은 자신이 절필했던 배경에 그가 개척하려 한 새로운 시를 받아들이기 어려운 당시 시단의 분위기를 언급한 적이 있다. 그가 시도했던 새로운 시들을 시인은 이번 시집의 뒷부분에 수록하고 있다. 일별하면 그의 시가 외면당한 까닭을 어느 정도는 짐작할 수 있다. 1960년대의 그의 시들은 당시의 한국 시를 지배하고 있던 서정주·유치환, 그리고 청록파의 자연에 근거하는 인생파적 표현이나 그 경향의 반대편에 있던 김수영·신동엽의 사회비판적 진술의 어디와도 친연성을 갖고 있지 않다. 외부의 지시체를 거부하고 순수 내면의 형상에 몰두한다는 점에서 김춘수의 무의미시와 가장 친근하다고 할 수 있으나 김춘수의 시가 감정을 은폐하는 객관화를 지향하는 데 비해 위선환의 시는 사유의 형상을 주관성의 운동 그 자체로서 드러내려 하고 있다. 가령

    너도 아니고 그도 아니고, 아무것도 아니고 아무것도
  아니라는데…… 꽃인 듯 눈물인 듯 어쩌면 이야기인 듯 누
  가 그런 얼굴을 하고

                                   ―김춘수, 「서풍부」 부분

과 같은 시구는 체험과 감정을 순수 사유로 증류해내는

태도를 보여주는 데(김춘수 스스로 암시하고 있듯, 그의
시는 역사에 대한 거부와 상통한다) 비해,

> 문득 만난 가을에
> 지평을 열고, 잎이 스스로를 해체하는
> 숲에 머물며
> 거죽과 속살을 벗고
> 한나절
> 消散하는 광망 속에서 하얗게 바래지는
> 골격으로 서서
> 다시
> 이 심한 바람 속에 갇혀, 내가
> 아직 있다는 것을
> 생각한다.
>
> ──「산책」 부분

과 같은 구절에서 잘 보이듯, 위선환의 시에서 체험과
감정은 사유의 밑바탕을 이룬다. 이러한 태도는 가령
"바람이 분다/살려고 애써야 한다"와 같은 유명한 시구
에서 그대로 드러나듯 의식의 명료성이 곧 삶에 대한 각
성과 직통하는 발레리적 사유와 닮은 데가 있다. 한국의
시인 중에서 비슷한 태도를 보여준 시인은 김기림이다.
그러나

밤과 함께 나의 침실의 천정으로부터

쇠줄을 붙잡고 나려오는 람푸여

꿈이 우리를 마중올 때까지

우리는 서로 말을 피해가며 이 孤獨의 잔을 마시고 또
마시자.

    —「람푸」 전문(『태양의 풍속』;『김기림 전집 1·시』,

            심설당, 1988, p. 33에서 재수록)

과 같은 시구에서 짐작할 수 있듯이, 김기림의 시적 태
도는 그가 자주 타기해마지않던 '센티멘털리즘' '로맨티
시즘'의 '감상성'이라는 시대적 정조에 스스로 침윤되어
있었음(이 의지로 충만한 시에서, 화자는 왜 "꿈이 마중"
오기를 기다리는가? 왜 "말을 피해가"는가? 그냥 "말을 그
치"면 안 되는가? 그리고 왜 "고독의 잔을" "마시고 또 마
시자"고 하는가? 그냥 "마시자"거나 "거푸 마시자"고 하
면 안 되는가? 말을 피해 가자는 사람이 왜 이리 말이 많은
가?)을 보여준다. 그래서 그의 시에서 '나'의 주관성은
체험과 느낌의 현실성을 추월하여 스스로를 드러내게
되는데, 흥미롭게도 이 주관성의 초과는 바로 그의 태양
에 대한 의지를 강화하는 동력이 된다(이 현상의 시적 성
취와 한계는 이 자리에서 상론할 문제는 아니다).

 그에 비하면 위선환의 초기 시에서 '나'의 주관성은

정확히 통제되고 있다. 그에게 삶에 대한 강렬한 의지가
없는 건 아니다. 그러나

　　내 시야를 일깨운
　　저 넘쳐나는
　　生成의
　　내 키만 한 신체의
　　透明을.

　　　　　　　　　　　—「빛의 肉體造形」 부분

과 같은 시구가 그대로 보여주듯, 생성의 빛은 "내 키
만 한" 규모에 엄격하게 제한된다. 이 진술은 얼핏 보면
'나'의 주관성의 작음이 생성의 크기에 제한을 가한다는
듯이 읽히지만, 그러나 실제로는 다른 이야기이다. 즉
'나'의 한계는 '내'가 겪고 느낀 체험과 감정의 한도에 달
려 있다는 것이다. '키'가 암시하는 것이 그것이다. 그렇
기 때문에, 세상의 모든 "죽은 이들"을 "잠재한 것들"로
치환한 후, "모든 潛在한 것들은/神이다"라고 규정하고
는, "내가 내장한 것들을 일깨워/목숨을 줄 것이다"라고
선언하는 한편, "나는 많은 아이들을 여자 몸에 두었다"
고 진술하여 부활의 양을 증폭시킨 시의 주체는 그러나,

모든 이웃에 두고 온 童貞을
염려한다. 內宿한
아이의 혼례를 위하여
내 남은 한 개 갈비뼈를 닦는다.

　　　　　　　　　　　　　　—「孕胎期」 부분

라고 진술함으로써, 그 부활할 것들의 자발적 생장력을
"염려"하며, 오로지 "내 남은 한 개 갈비뼈"만을 믿게
되는 것이다. 오로지 나의 체험의 한계에 근거하고자 하
는 이러한 태도는 시인의 정직성을 보여주는 것일 수도
있을 것이다. 그러나 정직성이 항상 바람직한 결과를 낳
는 건 아니다. 다른 측면에서 보자면, 이러한 태도는 바
깥과 내면 양쪽의 통로를 동시에 차단해 체험의 지평 자
체를 극단적으로 위축시키는 결과를 낳을 수도 있다. 실
로 그의 무명은 그로부터 비롯된다.

누이 죽었던 강 노을이다.
떠난 것들은 늦은 밤을 건너가고
삼동의
먼 불빛이 흔들리는 江心 깊이
虛妄은
수척한 몸을 누이었다.
보다 깊은 곳, 그 침하하는 언어의 주변에

160

언 손을 들고 내려온 너, 나, 친구여
서로의 이름을 잊은 지 오랜
만났으나, 우린 눈이 먼
無明이다.

—「작별」 부분

나는 너를 모르고 너는 나를 모른다. 그 무명 속에서 '나'의 움직임은 거의 대부분의 시에서 '뼈마디'로 축약된다. "육신이 소모된 뒤 살가죽 아래 비치는 가늘고 흰 뼈"(「病後」)로. 뼈로 존재하는 시의 주체는 모든 살을 거부한다.

아이의 혼례를 위하여
내 남은 한 개 갈비뼈를 닦는다.
자정에
어둠 속에서 여자의 흰 몸이
나를
통과한다.
시간을 잊은 여자가, 벗은
속살을 들고
문밖에
섰다.

—「孕胎期」 부분

이 시구에서 "벗은/속살을 들고"라는 표현을 보라. 일상적인 언어 사용에서 우리는 통상 "속살을 드러내다"라는 말을 자주 쓴다. 겉의 위장을 치우고 속의 진실을 보여준다,는 뜻이다. 이런 말법은 "속살을 벗었다"라는 표현까지 만들어낼 수 있다. 의미론적으로는 부정확한 표현이지만 일종의 언어적 환유효과에 의해서 원인적 사건을 결과적 사건으로까지 확대하는 것이다. 그런데 위 시구에서는 그런 조작이 통하지 않는다. 왜냐하면 속살이 실제로 벗겨져 여자의 손에 들려 있기 때문이다. 그런데 이 표현의 정확성을 통해서 시는 갈비뼈만을 남기고 속살마저 다 지워버리는 것이다.

그렇게 되면 시적 태도는 시 쓰기의 태도로 축소된다.

종일
낭비를 본다.
지천으로 흔한 햇빛과 바람,
하오의 창에서 消失되는
병을
본다.
그것은 먼 기억으로부터 돌아오는 목소리,
혹은 무수한 잎을 해체한 한 그루 과목이 땅속 뿌리를 깨우며

다시

치밀한 촉수를 세우는, 生成의

예감이다.

나의 손이 더듬는 신체 위에

잎이 피어나듯

짙은 빛깔과 향기를 불러오는

美意識의 싱싱한

坐定,

너와 나는 그만한 거리로 이웃하는

서로의

照應이다.

—「雅歌 2」 부분

과 같은 시구에서, 화자가 종일 보는 '낭비'는 '미'로 승
화되지 못한 상념들, 이미지들의 더미일 뿐이다. 시 쓰
기의 태도가 삶의 태도로 전환되기가 어려운 것이다. 그
래서 가령 바로 앞에서 인용한 「작별」에서나 혹은 「빛의
肉體造形」에서 '누이'나 '어머니'의 사연이 암시되지만,
거기에까지 뚫고 들어갈 통로를 독자는 발견할 수가 없
다. 그리고 여기까지 와서, 독자는 그가 젊은 시절 10년
간의 독한 세공 끝에 절필하고 만 원인이 내재적일 수도
있다는 짐작을 갖는다.

수직의 시

　그러나 무엇보다도 독자를 놀라게 하는 건 그의 시의
최초의 시적 현상이 오늘의 시에서 거의 똑같이 되풀이
되고 있다는 사실이다. 그런 확인은 독자를 궁지에 처하
게 한다. 왜냐하면 그가 무려 40년의 세월을 보낸 후 시
쓰기를 재개했다면 그것은 일단 그가 예전의 시 세계의
동굴에서 탈출했다는 뜻이어야 하기 때문이다. 이 궁지
에서 탈출하기 위해서 독자는 두 가지 전제를 할 수밖에
없다. 첫째, 얼핏 보아 위선환의 오늘의 시는 1960년대
의 시와 유사한 듯하지만 그러나 분명하게 다른 점이 있
으며, 그 다른 점이야말로 위선환 시의 자가 진화의 포
인트가 되리라는 것이다. 둘째, 그럼에도 불구하고 그
가 예전 시적 태도의 특정 부면을 그대로 다시 가져왔다
면 그것이 오늘의 시대와 시의 환경에서 아주 유의미한
대응기제라고 그가 판단했으리라는 것이다. 의식적이든
무의식적이든. 그리고 이제 독자의 시 읽기의 더듬이는
그의 시의 현재적 진행 쪽으로 선회한다.
　이 두 가지 전제를 유의하며 그의 시를 다시 읽을 때
독자는 중요한 차이를 하나 발견한다. 그의 초기 시에서
의 적빈성과 오늘의 시의 그것 사이에는 '수직'에 대한
비전이 상이하다는 것. 언젠가 바슐라르는 발자크의 『세

라피타』에 대해 말하면서 겨울나무들의 헐벗음은 수직
적 상승의 상상력을 증폭시킨다고 쓴 적이 있는데, 실로
헐벗음의 역동적인 이미지는 이승의 가난을 대가로 달
궈진 더 높은 세상을 향한 수직적 비상에서 가장 열렬히
타오른다고 할 수 있다.

  그런데 위선환 초기 시의 수직성은 시적 주체의 비상
이 아니라 초월적 존재가 지상의 울타리를 벗어날 수 없
는 주체에게 쬐이는 빛과 같은 것으로 나타난다.

  無垢한 모든 것은 따뜻하고
  나의 손끝에 닿는
  하늘은
  찬가
                        ─「雅歌 1」 부분

  오늘 하루, 피안에서 내리는 빛살이 의식의 안쪽에서
흔들리는 음영들을 낱낱이 밝히며, 일순에 한 식탁으로 획
득되는 원숙한 과육을 본다.
                        ─「빛의 肉體造形」 부분

  물론 초월적인 것의 내려쬠에 상응하는 주체의 동작
이 없는 것은 아니다. 시의 주체는 "그 두개골에 빛이 일
어 내재한/千의 촉루"(「빛의 肉體造形」)를 보고,

별을 위하여 묘지는

모든 봉분을 열고

죽은 이들의 두개골에

낱낱이 불을

밝힐 것

—「孕胎期」 부분

임을 확신한다. 그래서 이 교응은 점차로 '비상'의 의지로까지 확대되어 절필하기 직전의 시에 오면, "바다의 침몰"을 "목젖"에 넣고 "금의 화살"이 되어 날아오르는 새의 이미지를 획득한다.

재빠르게, 종일 솟아오르는

새의 지혜를 아는가, 당신은,

새의 망막에도

바다의 침몰은 똑똑히 새겨져 있고

작은 부리에 쪼인 羽毛가

하늘 높이 새의 동체를 매달아두었음을

아는가, 어째서

한 마리 새의 목젖 안에 둥근 수평이 담기고

그 작은 가슴에 꽂힌

하늘은 金의

화살인 것을, 지금

나는 새의 날개 끝에서 털린 별들은

地殼 틈, 틈에 낱낱이 박혔고

깊이 침하하는 海丘를

빛의 그물코로 얽어 짠

언어가

비상하는 새의 조망 속에서

나래 친 일순의 섬광이

깨어난 이마빡에

돋아 있는, 두 눈의

번쩍이는 魂인 것을

아는가, 다만 퍼덕이는 기척만, 먼

당신의 고막에 남았고

하늘 끝에 滅入한 새는

이미 수평에 박히는 첫 별,

빛인 것을,

―「새의 滅入」 전문

　　그러나 이 시에서 "바다의 침몰" 혹은 "깊이 침하하는
해구"와 "빛의 그물코로 얽어 짠 언어"는 관계 형식을
얻지 못한 채로 모호하게 병렬된다. 때문에 새는 따라
갈 수 없는 참조항으로 저 너머에 비상하는데 언어는 여
전히 이승의 그물 안에서 비늘을 "퍼덕이는" 수인의 신

세일 뿐이다. 새는 하늘 안으로 '멸입'하고, 비록 그것을 "수평에 박히는 첫 별,/빛"이라 정의한다 하더라도, 더 이상 시의 주체의 사안에서 벗어난다. 여기의 요점은 비상의 불가능성이 아니다. 가능의 문제와 관계없이 주체의 수행성이 핵심인 것이다.

이 시를 다음 시와 비교해보자.

東江의 자갈밭에 비비새가 누워 있다
주둥이가 묻혔다 자갈돌 몇 개가 바짝 틈새기를 좁혀서 비비새의 부리를 물고 있다
꽉 다문 틈새기,의 저 힘이
비비새 아래로 강물을 흐르게 했을 것이다 비비새를 강물 위로 날게 했을 것이다
흐르는 힘과 나는 힘이 오래 스치었고 스미어서
강 밑바닥을 훤히 비치게 했고, 다음 날은 더 깊이 비비새를 비쳐서
강물 속으로 날아가는 비비새가 보였고 비비새가
씻기었고 비비비, 강물이 지저귀기 시작했고
비비새의 창자 속으로 강 울음소리 같은, 긴, 시푸른, 쓴, 죽음이 흘렀고
지저귀다 목이 쉰 강의, 더는 울지 못하는 비비새의, 혓바닥 끝에다 독을 적셔 말렸고
지금은 그 주검이 부리를 내밀어 완강하게 자갈 틈새기

를 물고 있다

——「자갈밭」 전문

『새떼를 베끼다』(문학과지성사, 2007)에 두번째로 수
록된 시이다. 이 시에서 새는 시적 주체를 담당하고 있
다. 초기 시에서 나타나는 것처럼 먼 곳의 표상이 아니
다. 그런데 그렇게 된 사정이, 새와 강의 뒤섞임으로부
터 비롯된다는 것을 주목할 필요가 있다. 새는 우선 빛
으로서 강바닥을 훤히 비치게 했는데, 그 덕분에 강은
새를 바닥에 내장하게 되었고, 새의 울음을 노래로 지저
귀게 되었다. 그러자 강물의 울음소리는 "비비새의 창자
속"에 내장되고, 그로 인해 새는 앙다문 부리로 치솟아
오르게 되는 한편 동시에, 강물의 운명에 사로잡혀서 죽
을 수밖에 없게 된다. 새는 지상적 존재의 한계에 역행
하면서, 동시에 그 한계를 떠안고, 비상하고 추락한다.
그 정반대의 이중적인 운동을, "완강하게" "바짝" 좁아
진 새의 부리와 강의 자갈이 서로를 물고 있는 형상으로
동력을 전달함으로써 지속시킨다.

그러니까 위선환 시의 재개에는 그 특유의 적빈성을
생의 운동으로 변환시키는 시적 논리의 개발이 개재해
있었던 것이다. 초월적인 것을 지상적인 것 바탕에 내장
시키고 지상적인 것을 초월적인 것의 목젖 안에 이식시
켜 '초월적인 것의 지상으로부터의 비상'을 '시적 주체

가 스스로 수행하는 사건'으로 만들어낸 것이다. 이 사건에서 비상의 성공 여부는 중요한 것이 아니다. 오히려 실패는 필연적일 수밖에 없는데, 그것이 바깥으로부터 아무런 지원을 받지 못하는 시적 주체의 가난함을 정직하게 확인시키면서도, 그 몸에 거듭되는 비상의 의지와 행동을 점화할 것이기 때문이다.

과연 그의 시의 역사를 개체발생적으로 되풀이한다고 할 수 있는 「폭설」은, 그런 사정을 요약적으로 보여주고 있다. 거기에서 시의 최초 운동은 "몸속에 가시뼈를 키우는 물고기가 자라나는 가시뼈에 속살이 찔리는" 과정을 통해 시작된다. 이때 그의 시의 선사에서부터 시작된 '뼈'로의 축약은 하나의 의미를 얻게 되는데, 몸 안에 뼈를 키운다는 것은 빈한한 생일지라도 에너지의 집중을 가질 때에만 변화의 동력을 얻는다는 것을 의미한다. 그리고 더 나아가 이 집중된 에너지는 그의 본체에 상처를 내는 것으로 새 삶의 문을 연다는 것이다. 그럴 때 처음으로 유의미한 삶의 사건이 시작되며, 그것을 목격한 "누가 이름 지어 부"르게 된다. 명명은 역사에 대상을 기록하는 일이다. 그러니 그 최초의 명명에 가시뼈를 키운 물고기가 "대답하는 목소리가 떨"리지 않을 수가 없는 것이다. 독자는 이어서 이 물고기의 움직임을 새의 비상과 조응시켜 점차로 그 규모와 에너지를 증폭해가는 과정에 참여하게 되는데, 그것은 앞에서 이미 보았던 초

170

월적인 것과 지상적인 것의 반죽의 또 다른 버전이라 할수 있다. 이미 그것을 겪었던 독자가 여기서 새삼 확인하는 것은, 이 모든 과정이 시적 주체의 수행적 사건으로 나타난다는 것이며, 그럴 때에만 삶이 그 온전한 명명을 받게 된다는 것이다. 예전에 들뢰즈와 가타리는 "감각의 역사가 아닌 것은 거의 드물다. 또한 사람들이 역사로써 만드는 것은 또 다른 역사의 재료가 아니라 미래의 질료이다"(『천 개의 고원 *Mile Plateam*』, Editions de Minuit, 1980, p. 428)라고 말한 적이 있으니, 삶은 수행적으로만 역사(변화)를 일으키며, 그 변화는 미래를 구축하는 일이라는 뜻이다.

하지만 이 미래 구축으로서의 역사는 18세기의 계몽주의자들이 꿈꾸었던 것처럼 '행복의 약속promesse au bonheur'이 될 수가 없다. 그리되면 오죽 좋으련만 한갓된 주관적 의지는 그것을 결코 보장하지 못한다. 그 의지와 지혜가 하늘에 닿을 정도라 하더라도 세계의 비전은 이질적인 주관성들의 갈등과 합의, 예측불가능한 조응을 통해서만 이루어지는 것이라, 결코 거기에 미칠 수 없기 때문이다. 세상은 제갈량도 못 구한다. 그럼에도 불구하고 주관적 의지가 순전히 무능력한 것만은 아니다. 역사 속의 한 개체가 할 수 있는 일은 행복의 약속이 아니라 삶에 대한 성찰과 도전의 확대이다. 그 확대가 복잡한 우회로를 거쳐 미래의 문을 여는 데까지 가려면,

질적이고도 집단적인 다중적 차원에서 전개되어야 하겠
지만 개체의 입장에서 당장 가능한 일은 질적인 확대이
다.「폭설」의 마지막 풍경은 그 확대가 어떻게 변화인가
를 극적으로 보여준다.

물굽이와 들판과 나를 덮고 묻는 눈발이 자욱하게 쏟아
지는 마지막 풍경 속에서는

천 마리씩 떨어지는 여러 무리 새떼들이 바짝 마른 가
슴팍을 땅바닥에 부딪치며 몸 부수는 저것이

폭설인 것을

내리꽂고 혹은 치솟는 만 마리 물고기들은 물고기들끼
리 부딪쳐서 산산조각 나는 것 또한

폭설인 것을

따로 이름 지어 부르지 않았다 깜깜하게 쏟아지는 눈발
속에서, 누구인가 그가!

내 이름을 불렀다 대답하는 목소리가 떨렸다

이 마지막 풍경은 전 단계의 풍경들과 구조적으로는 다른 게 없다. 최초의 풍경이 상처와 운동의 동시성을 보여주었다면, 마지막 풍경은 완성과 폭발의 동시성을 보여준다. 구조적으로는 같지만 양상적으로는 다른 점이 두 가지 있다. 하나는 규모와 현상의 정도이다. 아주 미미한 갈비뼈의 상처로 시작한 이 변화의 움직임이 단계적으로 증폭되어 마지막 풍경에 와서는 총체적인 폭발 현상으로 나타나고 있다. "천 마리씩" "몸 부수며" "산산조각 나는" 등의 형용어들이 그 규모의 총체성을 지시한다. 다른 하나는, 이 총체적 움직임에 대해 "따로 이름 지어 부르지 않았다"는 것이다. 그 전에는 별도의 명명 작업이 수반되었었다. 그런데 이제 그 작업이 없다. 왜냐하면 여기에서는 이 광경 자체가 이름이기 때문이다. "저것이/폭설인 것을" "……것 또한/폭설인 것을", 이 두 진술이 가리키는 게 그 얘기다. 광경과 이름이 하나로 통일되는 것, 이 또한 총체적인 규모의 사건임을 증명한다.

양상적 확대는 명명과 현상의 통일, 사유와 사건의 통일이라는 질적 변화로 귀결된다. 최초의 현상을 감지하고 그것에 의미를 부여하려 했던 명명 작업은 현상의 운동 안으로 감겨들어 그 스스로 현상의 수행 자체로 존재하게 되는 것이다.

그런데 독자가 이 사품에 각별히 관심을 갖는 것은 이

단계의 확장 과정 속에 아래로부터 위로의 도약, 좌절로부터 성공으로의 출세기는 없다는 것이다. 오히려 양상의 확대를 통해서 독자가 분명히 감지하는 것은 상승과 추락의 절대적인 동시성이다. 폭설이 새의 폭발로 나타난다는 것은 그것이 상승의 임계치에서 작동된 파열임을 가리킨다. 시구는 "천 마리씩 떨어지는 여러 무리 새 떼들이"라고 적고 있는데, 이때 복수형은 새의 실제 숫자를 가리키는 게 아니라 폭발의 강도와 예측 불가능한 양상을 환기시킨다. 우리가 폭설에서 눈의 구체적인 개수와 종류를 따지는 일은 없기 때문이다. 게다가 "천 마리씩"과 "여러 무리"는 의미에 봉사하기보다는 리듬에 기여하는 게 분명하다. "천 마리씩"이라는 수량 지시어가 이미 있는데, "여러 무리"라는 말을 부러 첨가할 이유가 없기 때문이다. 오히려 이 두 어사의 리듬적 조응 때문에 "천 마리씩 떨어지는 여러 무리 새떼들이"는 하나의 시행 안에 별도의 통일체를 형성하면서 부풀어 오른다. 그것이 폭설의 폭발 직전의 긴장에 대응한다는 것은 쉽게 느낄 수 있을 것이다. 그렇기 때문에 저 폭설의 추락은 비상하는 동작을 그대로 간직한 채로 현상된다. 상승과 추락의 절대적인 동시성이란 상승의 형상과 동력과 의지로써, 즉 비상의 총체적 운동으로 추락을 실현해낸다는 뜻을 갖는다.

수평의 시: 마름에서 말음으로

그런데 이번 시집은 제목 자체가 '수평'을 일깨우고 있다. 시인에게 또 다른 변화가 필요했던 것일까? 우선 지금까지 살펴본 위선환의 수직성이 일종의 비극적 세계관(전체와 무의 동시성이라는 골드만적인 의미에서)에 의해 지탱되고 있음을 유념해야 할 것이다. 그것은 빈한한 자신의 자원을 최대한도로 짜내고 압축하여 폭발 가능한 에너지로 만드는 작업을 수반한다. 독자가 위선환의 시에서 맨 처음 느낀 것이 '적빈성'이라면, 이 작업은 적빈의 주체가 해낼 수 있는 가장 정직하고도 능동적인 선택임을 이어서 느껴야 할 것이다. 가난의 뜻은 '가진 게 적다'는 뜻이지만, 더 나아가 '가질 몫이 허용되지 않는다'는 뜻이기도 하다. 세계의 분배로부터 밀려난 자가 가난한 자이다. 그 가난한 존재가 어떻게 살 것인가? 바로 스스로를 자원으로 삼는 것밖에는 다른 도리가 없다. 그런데 그 자원이 가난함 그 자체이기 때문에 스스로를 자원으로 삼는 행위는 최소의 재료로 최량의 생산물을 얻기 위한 기술적 정교함이 가해질 때에만 실효성이 있다. 그리고 이 기술적 정련은 곧바로 주체의 단련과 개발의 과정과 동시적이다. 따라서 가난을 굴리는 경제는 주체의 역량을 최대치로 끌어올리는 연단(鍊鍛, 또한 練

丹)이다.

독자는 여기에서 위선환 시의 적빈성의 현실적 효과를 깨닫는다. 그의 시는 가난으로도 삶의 생산이 가능하다는 것을 실연하는 가장 생생한 보기이다. 그러니 그가 최초의 시작의 형식을 그대로 가져온 까닭을 이제는 잘 알 수가 있다. 그는 처음 시를 쓸 때에도 시 경연대회라는 아주 우발적인 기회를 통했던 것이지만(그때 일반적인 등단 방식은 추천 제도였다), 40여 년이 지난 후에도 시인들의 터전에서 어떤 분배받을 땅도 없이 새출발해야만 했던 것이다.

다만 옛날의 형식을 다시 가져왔을 때, 그 형태소들의 작동 방식은 근본적으로 변화했다. 최초의 적빈성이 가난한 시 쓰기 그 자체를 가리켰다면, 나중의 적빈성은 어디에도 기대지 않는 주체의 독립성을 가리키게 되었다. 하향적이기만 했던 빛은 비상의 형상으로 돌변하였다. 옛날의 무명('눈멂')은 말 그대로 전망의 부재를 가리켰지만 이제 무명은 순수한 감각으로서의 삶의 실천, 즉 수행성의 절정의 분위기로 바뀌었다.

그러나 마지막 항목은 독자를 멈칫거리게 한다. 이 항목은 앞의 두 항목이 작동한 결과라고 할 만한데, 실제 시편들을 읽어보면 '무명'의 막막함은 끈질기게 지속되고 있는 듯이 보이기 때문이다. 그런데 독자는 조금 전에 살핀 「폭설」에 기대어, 새의 폭발로서의 폭설과 무명

176

을 혼동하는 성급함을 보인 것이다. 무명은 자기의 망각
으로 전치되었고, 자기의 망각은 수행성의 최대치에서
일어나는 현상으로 이해된 것이다. 실상 좀더 꼼꼼히 읽
으면,「폭설」자신이 그러한 수행성의 블랙홀 앞에서 주
저하고 있는 게 보인다. 앞에서 수행성의 최종적 의미
를, "상승과 추락의 절대적인 동시성"이라고 적었다. 하
지만 여기에 미세한 시간적 차이가 개입한다. 시는 상승
과 추락의 통일을 '새떼'의 국면과 '물고기'의 국면으로
나누어서 묘사한다. 의미론적으로 보자면, '새떼'의 국
면은 상승하는 동작으로서의 추락이고, '물고기'의 국면
은 추락하는 동작으로서의 상승이라고 이해할 수 있을
것이다. 그런데 이 둘의 병렬에는 '연관'이 없다. 새떼
는 새떼이고 물고기는 물고기이다. 독자는 새떼에서 물
고기로 이동하면서 그 사이에 놓인 간극을 느끼고, 바로
그 느낌의 관성을 통해서 상승과 추락의 동시성이 달성
되지 않는다는 걸 감지한다.

　실로 여기에서 위선환 시의 새로운 궁지가 모습을 드
러낸다. 그것은 저 동시성 자체로부터 연유하는 것이다.
왜냐하면 상승과 추락의 동시성은 상승의 완성도 추락
의 결말도 거부하기 때문이다. 이 동시성에는 그러니까
장엄한 통일이 아니라 미세한 균열로 인해 발생하는 떨
림이 있다. 상승과 추락 사이에 놓인 가파른 진동이 있
다. 그 떨림을 주체의 태도로 옮기면 바로 이 사건으로

의 완전한 몰입과 이 사건으로부터의 객관적 거리화 사이의 진동이 될 것이다. 그렇다면 위선환 시의 화자는 시 내부의 인물과 하나인가? 대답은 이렇다. 시의 의지는 화자와 인물을 합치시키려 한다. 그러나 시의 효과는 화자와 인물을 분리시켜 화자를 내내 묘사하는 자의 위치에 있게 한다. 그래서 그는 분명 시 안의 사건을 자신의 일인 것처럼 묘사하면서도 결국은 그로부터 멀어진다. 「폭설」의 마지막 두 행,

따로 이름 지어 부르지 않았다 깜깜하게 쏟아지는 눈발
속에서, 누구인가 그가!

내 이름을 불렀다 대답하는 목소리가 떨렸다

는 그 떨림을 여실히 느끼게 한다. "따로 이름 지어 부르지 않았다"고 화자, '나'는 적는다. 앞에서 보았듯, 관찰과 사건이 하나로 통일되었기 때문이다. 그 통일은 이름 짓는 자마저도 자신의 운동 속으로 흡수한다. 그래서 이름 붙이던 자가 이제 명명 대신 '부르는' 이름은 자신의 이름이다. 그(나)는 "내 이름을 불렀다". 그러나 그렇게 부르면서도 시는 '나'의 객관성을 떠나지 않는다. 이름 붙이던 '나'가 '그'로 격리됨으로써 여전히 바깥에서 부르는 자로 존재하게 된다. 이 바깥의 존재와 안의 존재

는 하나가 되는 순간 떨어진다. 그러니 목소리에 진동이
보태지지 않을 수가 없다.

　또한 이 시도 보라, 시는 분명,

　　내 안에서 내가 야위더니 살은 말라붙었고 뼈들은 흔들
린다 몇 개는 넘어졌다

　　　　　　　　　　　　　　　　　　　　—「갈밭」 부분

라고 진술하였다. 그랬는데 마지막 세 행에 오면,

　　갈꽃 날아가는 하늘 아래를 걸어서 가며 밭은기침을 한
다 새가 따라오며 운다

　　의식의 마른 자갈밭을 종일 걸은 者,의 횡, 뚫린 눈구멍
에서 바람소리가 난다

　　새는 사라졌고, 어느새 저무는 하늘이 멀다 갈밭 너머
에서 빛나는 물빛을 본다

　'나'는 밭은 기침을 하고, 따라오던 새가 무대의 전면
에 등장하면서, '나'는 따로 떼어져 "횡, 뚫린 눈구멍"으
로 형상과 자리를 바꾸고, 이 뚫린 눈구멍 앞에서 새는
사라진다. 쉼표는 단호히 글의 이랑을 파면서 "의식의

마른 자갈밭을 종일 걸은 자", '나'를 격리시키고 텅 빈 구멍으로 만든다. 왜 텅 빈 눈구멍인가? '나'가 행동하는 순간 나는 보지 못하고, 내가 보는 순간 사건은 사라지기 때문이다. 눈을 통과해가는 것은 사건의 자취, "바람 소리"이다.

그러나 실은 이 궁지야말로 새로운 모험의 출발점이 될 것이다. 독자는 지금까지 위선환 시의 '수직성'이 주체를 주체로서 세우고 그의 동작을 세계구성적이게끔 하는 과정을 살펴보았다. 그것이 본래 수직성의 기능이다. 어느 철학자의 말을 빌리면 "깊이는 이미 확정된 대상들 사이에서 작동하지 않는다. 오히려 깊이를 통해서, 사물들의 배치가 가능해지는 것이다. 깊이가 사물들로부터 나타나는 게 아니라 사물들을 받아들여 간종그리는 게 깊이이다"(Miklos Vetö, 「메를로-퐁티에게 있어서의 공간의 본질L'eidétique de l'espace chez Merleau-Ponty」, *Archives de Philosophie*, No. 71, 2008, pp. 429~30). 그러나 앞서 보았듯, 이 수직성의 사업은, 수직 자체를 도달점으로 만들지 못한다. 주체가 매번 절감하는 것은 저 높이와 지상적인 것 사이에 놓인 떨림, 그 사이에 부는 바람이다. 만일 그 떨림을 견디지 못하고 오로지 수직의 완성에만 전념하려고 한다면, 자신이 가진 지상의 모든 자원을 거기에 투여해야 하리라. 그럼으로써 완전히 말라버려야 하리라. 그것은 니체가 말한 금

욕주의의 "자기 모순", 즉 "삶에 반대하는 삶"(『도덕의 계보학La généalogie du morale』, Le livre de la poche, 2000, p. 214) 속에 빠진다. 그것은 니체에 대한 해석들이 유사하게 설명하고 있듯이, "삶에 대한 원한Alain Finkelkraut"이고 "자기 자신에게로 돌려진 잔혹성"이다. 그러니 사실은 수직의 좌절을 간직하되, 저 떨림 속에서 영원히 운동하는 것, 그 영구 회귀가 인간이 할 일이다. 한 시는 "구름과 앵두나무와 강과 그늘의 떠는 틈새기에 꼼짝없이 끼인 나는/기껏 한없이 떨고만 있었다"(「떪」)고 진술하고 있는데, 그 떪이야말로 사라지는 것이 어떻게 사라지지 않는지, 사라지지 못하는지를, 다시 말해 사라지는 도중의 지평면으로 끊임없이 회귀하는 사정을 직접적으로 증명하는 사건이 아니라 할 수 없을 것이다.

사라지는 것들이 사라진 빈자리를 떠나지 못하고 떠도는

한 울림이 되었는지, 한 떪이 되었는지,
　　　　　　　　　　　　　　　　　　　―「떪」 마지막 두 행

위선환의 '무명'은 그가 수직성의 자기모순을 정확히 꿰뚫어 보았다는 것을 보여준다. 주체의 운동으로서의 무명은 이제 전망의 부재가 아니라, 운동으로 인한 육체의 소멸, 자기 자신을 말리는 행동이다. 그것을 가장 선명한 이미지로 치환한 게 '가락지'의 그것이다.

> 해오리는 마릅니다. 바짝 마릅니다. 그러고는 천천히 고개를 돌려서 나를 봅니다. 눈두덩 밑이 텅 비었습니다.
> ──「가락지」부분(『새떼를 베끼다』)

해오리가 마른다는 표현을 느끼려면, 그 새를 보지 않은 사람은 그 새가 황새목 왜가릿과에 속한다는 사실을 유념하는 게 좋을 것이다. 해오리가 마르는 것은 그가 목을 길게 빼는 것처럼 보이기 때문이다. 그가 가늘고 긴 다리로 못가에 앉아서 목을 길게 빼고 하늘 비친 못 안을 오래 들여다보는 모습은 그대로 상승의 자태로 하강하는 형상이다. 그는 상승에 자신의 몸이라는 연료를 다 태우기 때문에 점차 마른다. 그리고 남는 건 텅 빈 눈두덩 밑이다. 한데 시인은 그 해오리의 텅 빈 눈두덩에 가락지라는 이름을 붙여주었다. 혹은 거꾸로일 것이다. 가락지에 해오리의 운동을 입혔을 것이다. 이 명명 작업은 얼마간 작위적이지만 그 자체로서 말끔한 이미지를 제공하면서 참신한 착상임을 느끼게 한다. 그 이름에 의해서 해오리의 텅 빈 눈두덩 밑은 무언가가 들어왔다 빠져나가는 자리가 된다.

이제 독자는 저 가락지 사이로 무엇이 들락거리는지

안다. 바로 바람이다. 바람은 무의 질료가 유로 만들어진 물질이다. 바람은 채색한 공기이다. 다시 말해 그것은 주체의 수직성의 운동이 몸의 질료를 에너지로 만드는 과정에서 완전히 기화하기 직전의 육체로서의 공기이다. 그것은 증발하기 직전에 육체의 자취를 뿌린다. 만일 이 현상에 주목한다면, 주체의 몸은 내내 마르는 것이 아니라, 내내 바람으로 부는 것이 아닐 것인가? 시인은 어느 순간 "내 몸은 바람 아닌 것이 없다"(「바람의 기억」)는 것을 깨닫고, 바로 거기에서 새로운 시작의 기미를 본 것이다. 그렇다면 그 바람의 존재론으로부터 온통 위로만 향한 수직성의 운동이 아닌, 다른 방식의 수직성의 운동도 가능하지 않을까? 상승의 양태로 추락하거나 혹은 그 거꾸로인 것만은 아닌. 가령 '바람'의 현상학은 수직의 몸짓으로 수평을 향해 가거나 혹은 그 거꾸로인…… 것이 아닌가? 바람은 사방팔방으로 분다. 위에서 아래로 불기도 하고 아래에서 위로 불기도 하지만 '사방팔방으로'는 수평적으로 한계가 없다는 뜻이다. 바람을 통해서 위선환 시가 수평의 차원을 얻게 된 것은 아닌가? 실로 방금 전에 본 '떫'은 그대로 바람의 현상학이 아닌가? 시인은 언어적으로 너무 철두철미하여 바로 그 수평의 현상학은 결코 마침표를 찍지 못한다는 것을 '표기'하고야 만다. 그의 시들이 쉼표로 끝나는 경우가 많은 까닭이다.

「갈밭」의 마지막 행은 '나'가 '물빛'을 "본다"고 말한다. 새는 안 보이지만, 바람이 들락거리는 빈 눈구멍으로 "빛나는 물빛을 본" 것이다. 그 물빛을 '봄'은 그 행위로써 무명으로부터 벗어날 계기가 된다. 그리고 '보게' 되니, 이제 "어느새 저무는 하늘이 멀다"는 것을 안다. 이 '멀다'는 아득히 있다는 뜻이지만 그러나 동시에 아직도 갈 길이 많이 남았다는 것을, 말을 바꾸어, 살날이 참 많다는 걸 암시한다.

그는 그러한 계기의 시작을 이렇게 적었다.

나무의 나이테를 베고 누워서 이리로 저리로 흩어지는 구름을 바라보는 나는

눈자위에 바람이 휘도는, 동공에는 바람의 회리가 새겨져 있는, 천년의 유적이다

누가 내 동공에다 정을 대고 쪼아서 오래전에 먼 눈빛을 캐내고 있다

―「예감」부분

오래전에 먼 눈빛의 회복이 바람 덕분에 가능했다는 것이다. 그러나 이 바람은 소멸되는 육체의 자취이다. 그러니까 바람을 통해서 바람 이전으로 돌아가서 다

시 바람 부는 때로 돌아와야 한다. 하지만 정확하게 말해 사실적인 차원에서 바람 이전으로 돌아갈 수는 없다. 왜냐하면 이 바람은 그의 주체적 상승 – 추락의 동시성의 최종적 결과이기 때문이다. 바람 이전으로 돌아간다면 그것은 수행적 주체됨을 포기해야 한다. 그러니까 주체가 하는 일은 바람 이전으로 정말 돌아가는 것이 아니라 수행적 주체로서의 자신이 태어나던 순간의 어떤 기운을 캐 오는 것이다. 그것이 예감의 형식을 띠는 이유이다. 그런데 이 예감은 위 시구에서 순수하게 형식적이다. 눈빛(무명 이전이던 눈의 상태)에서 눈빛을 캐내니까 말이다.「갈밭」에서는 그것이 '물빛'으로 바뀌었다. 그러니까 눈빛이 가져올 것은 '물'이 아니겠는가?

과연 위선환의 시에서 '물'은 시원에 위치하고 동시에 시원에서 이미 동작하고 있다.

발원에서 갓 태어난 바람은 설레고, 처음 부는 바람이 뱃바닥을 밀고 가는 강에서는 물비늘들이 일어서고, 물바닥은 주름지고,

— 「등피를 닦다」 부분

그러나 '물'은 처음 신선한 생명력의 근원이 아니다. 분명 바람의 탄생과 함께 물도 일어선다. 그러나 물비늘이 일어서는데 물바닥은 주름진다. 그리고 "물주름 아래

에서〔는〕물그늘이 깊어"진다. "더 아래 물 밑에서는 돌
들이 씻기며 닳고 검버섯 같이 거뭇한 돌무늬들이 돋는"
다. 물은 진물처럼 흐른다. 놀라운 일이다. 위선환의 시
는 수평성의 시각을 확보하자마자 주체의 행동을 벗어
나 집단의 고난을 포착한다. 아무리 은유적으로 처리되
었다 할지라도 이것은 달리 해석할 길이 없다. 그리고
주체는 그 집단의 고난에 대해 깊은 고뇌에 사로잡힌다.

    생애에서 가장 긴 그림자를 밟고 선 사람이 세상의 끝
  에 피는 놀을 바라보는 거다 우우 바람이 불어오고 우우우
  속울음 울고

                                        ─「등피를 닦다」부분

  이 시구는 위선환의 시적 방향이 수평성을 집단의 삶
이라는 차원에서 포착했음을 정확히 가리킨다. 그러나
동시에 시의 일차적인 관심은 주체의 존재론이라는 것
을 분명하게 보여주고 있다. 세계의 실질로서의 집단의
삶과 세계에 대한 의식으로서의 개인의 삶이 어떻게 만
날 것인가에 대한 의견은 다양하게 있을 수 있다. 위선
환의 시는 그 의견들이 쟁론되는 마당은 아니다. 다만
수평적 차원의 확보는 곧바로 세계 내 존재들의 일반적
삶과의 만남으로 이어진다는 점을 포지한 시인의 민감
한 촉수를 확인하기로 하자. 그 때문에 주체는 깊은 속

울음을 안에 품게 된다. 위선환의 물은 고통으로부터, 힘든 고난으로부터 솟아오른다. 이 울음은 눈물, 땀, 진물, 타액, 즉 더럽혀진 물이다. 따라서 시원에 위치하지만 흔히 연상하는 시원의 샘이 아니다. 오히려 주체는 그 물로부터의 고뇌를 정화시키는 데서 생의 의미를 찾는다.

　[……] 숙이고 집에 돌아와 해묵은 램프의 등피를 닦는 거다

　그때에 이르러서야 손가락들은 야위며 맑아지고 닦이어 투명한 등피의 밝기만으로도 살 속에 묻힌 뼈들이 비쳐 보이는 거다
　　　　　　　　　　　　　　　　　　　—「등피를 닦다」부분

　그러나 뼈들을 비쳐 보아 무엇을 할 것인가? 뼈들에 전념하면 곧바로 뼈들의 상호 훼손에 직면한다.

　뼈와 뼈의 틈새기와, 틈새기가 들여다보이는 이 사이와, 저 사이에 보이는 야윈 뼈와

　꺾인 팔꿈치와, 여기에 저기에 물려 있는 관절과, 낯짝 밖으로 튀어나온 광대뼈에다

〔……〕

해가 가면서 닳은 뼈마디들이 혹은 헐겁고 혹은 삐걱대
고 혹은 뼈끼리 부딪치는

내 몸은 바람 아닌 것이 없다

——「바람의 기억」 부분

"아침볕이 들었고, 씻긴 살가죽에 흰 뼈와 검은 살이
비친다"(「誌銘」)라는 표현에서 짐작할 수 있듯이 수평의
차원에서 '뼈'는 고뇌의 정화이며, '뼈들'은 고뇌의 복수
성이다. 그렇다는 것은 정화의 불가능성을 가리킨다. 이
미 보았듯 수직의 차원에서 뼈는 육체의 소진일 뿐이기
때문이다. 뼈들은 진물을 닦지만 뼈들끼리 부딪쳐 고통
의 소리만을 울릴 것이다. 그렇다면 '물빛'의 발견이 그
의 수평의 차원에 무슨 보탬이 될 수 있을 것인가?

놀랍게도 시인은 정교한 언어적 세공을 통해 그 물음
에 대답한다. 물의 기능은 뼈의 방향에서가 아니라 더럽
혀진 물 그 자체의 운동으로부터 나온다. 그는 물에 파
동들이 실려 있음을 찾아낸다. 그 파동이 없다면 애초에
'떨림'이 없을 것이기 때문이다. 이 파동은 그런데

모래톱에서 모래 알갱이를 둥글리고 강에서 강물의 입
　자를 둥글

—「한 해가 지나다 1」 부분

린다. 모래를 모래 알갱이들로 나누되, 모래 알갱이들
을 둥글게 말고, 물을 물의 입자들로 나누되 또한 그 입
자들을 둥글게 만다. 이 입자들은 파동의 당연한 결과로
발생하는 모래와 강의 자식들인데, 저의 내장된 운동을
통해서 부모의 운명을 넘어선다. 시인은

　　죽음과 어둠의 사잇골 아래, 슬픔이 비늘 되어 자라는
　더 아래로 방울져서 듣는 독이 있다 손 디밀고, 손바닥 펴
　서, 찬 한 방울을 받아든다

—「한로」 부분

과 같은 독한 의지가 그 운동 안에 작용하고 있음을 본
다. 이 의지의 존재 여부에 대해서는 더 확인할 필요가
없으리라. 독자에게 실감나는 것은 그보다도 입자들의
운동이다. 그 입자들의 운동에 대해 시인은 "둥글리고"
"둥글[린다]"고 적었다. 둥글려서 알갱이를 만들고 방울
을 만든다. 이 방울이 부모의 운명을 벗어날 주체라면,
둥글리는 동작이 범상할 리가 없다. 그것은 다시 세밀히
묘사된다. 방울보다 더 선명하게 그 동작을 보여주는 생

물이 있는데, 바로 자벌레다.

　작대기가 넘어지듯 몸을 눕힌 자벌레가 전신의 길이로
몸을 뻗치더니,

　뻗친 몸을 한 차례 접더니, 재고 접기를 반복하면서 달
빛을 건너간다
　　　　　　　　　　　　　　　　　　—「달빛을 건너다」 부분

　자벌레를 통해 유추하자면 방울 만들기의 동작은 뻗
고 – 재고 – 접기를 반복하는 것이다. 그것을 반복함으로
써 자벌레는 앞으로 나아간다. 그냥 나아가는 게 아니
라 "달빛을 건〔넌〕다"고 시는 말한다. 다시 말해 운명을
건넌다는 것이다. 같은 동작이라면 방울도 무언가를 '발
진'시킬 것이다. 그 무언가를 알기 위해서 다시 방울로
돌아오면, 방울의 뻗고 – 재고 – 접기는 물을 '마는' 동작
이 된다. '말음'이다. 이 '말음'이 직접 어사로서 지시되
는 경우는 한 번밖에 없다.

　흙바람이 회오리를 말며 눈앞을 질러가고, 눈썹에 달라
붙는 티끌 몇 점 떼어내고

　여기는 물이 맑구나, 黃池를 또 때렸다 검은 돌을 집어

서 물 밑에 가라앉은 흰 돌을 때렸다

—「폐광촌」부분

흙바람이 회오리를 말면 티끌이 떨어진다. 최초의 물
이 더럽혀진 물이었음을 기억하는 독자라면 '말음'이야
말로 정화의 실행임을 짐작할 수 있을 것이다. 이 '말음'
의 표현은 한 번밖에 없지만 많은 묘사들은 실질적으로
동일한 동작을 보여준다.

꾹 감고 견디는 깜깜한 눈구멍 속으로 나비 한 마리 팔
락거리며 날아가는, 허공이다. 혼자 걸으며 호주머니 속에
서 그러쥔 빈 주먹, 허공이다.

—「허공」부분

풍속이므로, 바람을 끌어다 덮는다
손가락을 섞어서 깍지를 끼었고 깍지 낀 두 손을 가슴
에 얹었고
발목뼈를 발목뼈에 얹는다

턱 아래가 파이고 가슴 안이 빈다

—「바람의 제의」부분

먼 하늘로 나는 새들을 바라보며 몸이 휘는데,

'말음'은 허공을 말아 작은 허공을 그 안에 판다. '말음'은 나의 턱과 발목뼈 사이에 열린 가슴의 공간을 만든다. 새를 바라보는 내 몸은 둥그렇게 말린다. 말림으로써 새의 비상을 시늉하게 한다. 그러니까 '말음'은 순수한 수직성의 '마름'을 정지시키고 마른 자리에 작은 마른 것들을 만드는 행위이다. 작은 마른 것들을 만들어 무엇을 하려는가? 바로 새를 바라보는 내 몸이 휘는 것처럼 지상의 자리에서 공간의 이동으로 비상의 형상을 만들기 위해서이다. 간단히 말해 수평으로 수직을 만들기 위해서이다. 독자는 이런 몸짓의 원형적인 동작이 무용에 있다는 것을 쉽게 떠올릴 수 있다. 고전무용에서 무릎은 일종의 버팀축으로 작용하며, 몸의 높이를 수평으로 뻗어가게 하는데, 무릎을 굽혔다 펴는 동작을 통해 수직적 관계를 창출한다. "'운반자 무릎'은 닻의 역할을 하면서 육체의 높이가 수평 방향으로 들어가는 출발점이 된다. 무릎을 중심으로 장골 축은 뒤로 뻗고 가슴은 앞으로 뻗는다. 그러나 이 방향은 동시에 수직적인 것이기도 하다. 무용수는 무릎을 굽히면서 대지로부터 솟아올라 빙글 돌거나 발끝으로 서서 몸을 주욱 세운다"[나데즈 타르디외Nadège Tardieu, 「윌프리드 피올레Wilfride Piollet의 고전 무용에서의 요동하는 육체: 육체의 상상하

192

는 힘」, *Corps*, Dilecta, 2009/2(n° 7), p. 42].

군이 인용한 것은 이런 사건이 희귀한 일이 아니라는 것을 가리키기 위해서이다. 생명의 육체는 이와 비슷이 도처에서 뻗고 – 개고 – 말고 – 솟는 동작을 무수히 만들어낼 수 있다. 위선환 시의 현상학은 이 동작을 창출함으로써 전혀 새로운 국면으로 들어선다. 이 동작의 생산물은 허공 속에 그 역시 허공인 작은 구멍들을 만드는 것이다.

> 정강이뼈 빼어 들고
> 절뚝거리며 하늘 아래로 간다 바람을 거슬러 날아가는 천 마리 새들은
> 뼈에 구멍이 뚫려 있다
> ──「바람의 제의」 부분

위 시구에서는 앞에서 예시된 첫 연에서의 '말음' 동작이 '절뚝거림'으로 요약되었다. 이 말음의 끝자리에서 뼈에는 구멍이 뚫린다. 즉 말음의 결과는 뼈를 뼈와 구멍으로 나누는 것이다. 그렇게 뼈에 구멍을 만들었을 때 "천 마리 새들은""바람을 거슬러 날아"간다. 무슨 뜻인가? 바람의 소진성을 넘어서 삶을 생산해내면서 날아간다는 뜻이다. 어떻게? 이 작은 구멍들은 원래의 허공이 바람과 함께 사라지는 것과는 달리 현재에 계류되고 그

계류의 위치 에너지와 공기의 가벼움의 결합을 통해 허공에 뜬 채로 옆으로 구른다. 그것이 '말음' 동작의 최종적 효과이다.

마당을 쓸었다 한 접시이지만 햇볕은 모아서 거처의 중심에 둔다 겨울이 오고 나는 혼자 있을 것이다 살갗은 닳았고 살가죽은 종잇장 같다

얼비치는 뼈가 야위었다 너를 만나서 뼈를 내밀었고 네가 내민 뼈를 맨손으로 잡았다 너와 나의 뼈가 그리움 하나로 휘며 마르는 그동안에,

네 등에 파인 뼈와 뼈의 사잇골에다 몇 차례 손을 묻었다 그중에서 한 손이 비늘 돋은 슬픔에 닿은 것이다 비늘은 딱딱해서 손끝을 베었고,

그날, 길고 가는 초록 뱀이 독니 박힌 턱을 내밀고 재빠르게 질러가던 마당 한끝에 놀이 붉더니, 나는 어지럽더니, 그만, 네가 물렸다 했다

죽음과 어둠의 사잇골 아래, 슬픔이 비늘 되어 자라는 더 아래로 방울져서 듣는 독이 있다 손 디밀고, 손바닥 펴서, 찬 한 방울을 받아든다

194

―「한로」 전문

「한로」는 '마름'이 '말음'으로 변화되는 과정을 잘 보여주는 시다. 겨울을 '나'는 "혼자" 견딘다. "햇볕〔을〕 모아 거처의 중심에 〔두〕"면서. 그러나 그 행위는 나를 야위게 하고 점점 뼈만 남긴다. 그런데 문득 '나'는 같은 방식으로 마른 또 하나의 뼈를 만난다. 그 뼈들 사이의 중력으로 뼈는 둥글게 휜다. 뼈는 거듭 말라가지만, 그 둥글게 휜 사이에 새로 빈 허공이 생긴다. 즉 가난한 두 존재 사이의 나눌 것 없는 나눔의 터전이 형성되는 것이다. 그리고 그 터전이 형성되자 슬픔이 분비되고 슬픔의 교류가 일어난다. 다만 그 슬픔은 새로 생긴 허공의 안쪽 테두리 쪽의 뼈가 갈라지면서 분비된 것이기 때문에 가시를 포함하고 있다. 슬픔은 찌른다. 다시 말해 슬픔은 독을 품고 있다. 혹은 독한 것이다. 그 독이 세상을 슬픔에 물들게 할 것이다. "놀이 붉"은 건 그것을 가리킨다. 슬픔이 세상 속으로 전진하기 시작하는 것이다.

그러니까 뼈 안에, 혹은 뼈들 사이에 형성되는 허공, 이 허공 속의 허공은 허공 속의 기포이고 물속의 물방울로서 허공에 무의 바람만을 불게 하지 않고 유의 공기 다발을 퍼트리면서 물을 그저 흘러가게 하지 않으며 그의 내면을 예측불가능한 변화의 장으로 만든다. 그래서 물은 노래하면서 흐른다. 다시 말해 스스로 저의 흐름에

다양한 탄력과 모양을 부여하면서 흐른다. 아주 사소한
듯이 보였던 '말음' 동작이 이룬 수평성의 지평은 천변
만화의 광경을 약속할 것이다.

수액성의 의미

그런데 말음은 물만의 현상은 아니다. 그건 육체의 동
작일 수도 있고 바람이 숲 속의 빈터에서 이루는 선회이
기도 하며 달팽이가 기어가는 자취일 수도 있다. 그런데
왜 시인은 수평을 가리킨 최초의 시기에 '물빛'을 발견
했던 것일까?

적어도 두 가지 까닭이 있다. 하나는 위선환의 시에서
천상적인 것과 지상적인 것의 대대(待對)는 거의 대부분
하늘과 바다의 상관형으로 나타났다는 것이다. 땅보다
는 바다였다는 것이다. 그것은 그의 시집들을 일별하면
바로 확인할 수 있는 사실이다. 다른 하나는 「한로」에서
볼 수 있듯, 말음 동작은 수액의 분비를 수반한다는 것
이다. 물은 뼈를 녹이는 것이다. 뼈에 점액질을 부여해,
말리고 접고 동그란 구멍을 만든다. 그러니까 '물'은 마
르는 뼈에서 전지액을 이끌어낸다. 그 점액질이 뼈를 유
연하게 해 개고 접고 말 수 있게 하는 것이다. 달팽이가
기어간 자리에 끈끈한 물이 비치는 것은 그 때문이다.

실로 수평의 지평에서 뼈에 생긴 구멍들은 대체로 눈물을 번지고 물빛을 띠는 게 대부분이다. 아무렇게나 보기를 들자.

　바람이 통과하는 206개의 뼛구멍들은 휘이, 휘이, 운다
　　　　　　　　　　　　　　　　　　　　　—「계절풍」부분

　안으로 불거진 뼈마디들은 둥글고 등골뼈 그늘에 깔린 살점들은 연하고 젖었다
　　　　　　　　　　　　　　　　　　　　　—「정오」부분

　아침볕이 들었고, 씻긴 살가죽에 흰 뼈와 검은 살이 비친다
　젖었다가 마른 등가죽에 실금이 자라는 철이다
　　　　　　　　　　　　　　　　　　　　　—「誌銘」부분

　집어서 쥐었더니 손바닥을 찌른다 손바닥뼈에 닿고 손가락뼈에 부딪친다
　뼈가 운다
　　　　　　　　　　　　—「11월」부분(이상 밑줄은 인용자가 그음)

물이 구멍을 못 만들고 얼음으로 굳으면 빛은 죽는다.

별이 떨어져 죽은 땅에서는 얼음 바닥이 빛났고 이마는
얼고 등짝에 마비가 왔다

　　　　　　　　　　　　　　　　　　　—「발자국」 부분

반면, 구멍을 만든 물은, 다시 말해 '말음'의 형상을
취한 물은 신생과 잇닿아 있다.

　　손금에 흐르는 물소리와 움켜쥔 물의 결과 물고기들이
돌아오는 물의 길과, 나, 수평이다

　　　　　　　　　　　　　　　　　—「수평을 가리키다」 부분

　　적어도 위선환의 시에서 물은 수평적 지평의 실질적
근원이다. 그리고 여기까지 오면 위선환의 물이 어디서
왔는지를 깨달을 수 있다. 그가 수평을 가리킨 시초에
물이 있었다. 그런데 그 물은 시원의 맑은 물이 아니라
더럽혀진 물, 진물이라는 것을 독자는 보았다. 이제 그
걸 다시 생각하자면 말음에 윤활유를 제공한 게 바로 그
진물이었던 것이다. 시인은 더러운 물, 하수구에 버려야
할 물을 그대로 생명의 마중물로 변환하려 했다. 그 변
환은 물의 재물질화에 성공했다.
　　그런데 왜 물인가? 독자는 그 물이 뼈에게 필수적이
었다는 걸 깨닫지만 그래도 묻고 싶다. 이 물의 상상력
이 왜 시인에게 그토록 절실했던 것일까? 그것은 개인적

인 것인가? 보편적인 것인가?

바슐라르Gaston Bachelard 는 『물과 꿈』에서 이렇
게 말한다: "수액성은 언어의 욕망 자체이다. 언어는
흘러가고 싶어한다. 그는 자연스럽게 흐른다. 그의 요
동, 그의 굽이, 그의 딱딱함은 자연스럽게 흘러가기가
어려울 때 그가 인위적으로 행하는 시도들이다〔즉 흘
러가지 않으려는 욕망이 아니다 —인용자〕"(*L'Eau et les
Rêves —Essai sur l'imaginaire de la matière*〔1942〕, Le
Livre de Poche, 1993, p. 210). 이 상상력의 갠달프의 말
을 따르자. 물은 언어였던 것이다. 그리고 그것은 위선
환의 시에 적의하다. 그의 적빈성의 행로는 오로지 언어
에 기대어, 언어의 세공을 통해서, 이루어졌던 것이다.
그의 시적 주체의 태도는 언어의 태도이다. 그러니까 그
의 상상력의 원천에 물이 있다는 것은 특수한 것이기도
하고 보편적인 것이기도 하다. 그것은 그가 가진 재산이
오직 언어뿐이었다는 점에서 특수한 것이고, 시는 언어
로만 이루어진다는 점에서 보편적이다. 그러나 모든 시
들이 항상 물에서만 의존한다고 생각한다면 그건 생각
하는 존재가 아니라 앵무새의 생각이다. 모든 생명의 삶
은, 인간의 삶도 마찬가지인데, 아주 다양한 수행적 영
역들을 복합적으로 나누고 포개고 교환하고 합성하면서
이루어진다. 수액성이 언어의 욕망 자체라 해도, 언어는
저 혼자 움직이는 게 아니라 온갖 다른 움직임들과 섞

여 움직인다. 언어의 욕망은 직접적으로 나타나는 게 아니라 간접화되고 변용되어 나타난다. 모든 시인들의 특수성은 그 언어의 욕망이라는 보편성을 저마다의 방식으로 변용하는 데에서 나온다. 위선환 시의 특수성은 그 보편성을 그대로 자신의 것으로 삼았다는 점에 있다.

바슐라르는 방금 인용한 말을 쓴 장의 제사에 이 글에서도 제사로 올린 쓴 폴 클로델의 시구를 인용하였다. 위선환의 시와 마찬가지로 바다와 하늘의 상관공간 안에 구성된 그 시구에서 음악은 지극히 평화롭게 막힘없이 울려 퍼진다. 이끼들의 합주 위로 비껴 흐르는 물살의 악절 하나를 느껴보라. 그게 어떤 음악이든 그 진기함은 내 가슴을 관통해 환몽의 혈액을 퍼뜨린다. 위선환의 시는 그렇지 않다. 막막한 단절로부터 주체를 세우고, 다시 영구 회귀하는 생의 활력의 수행태를 발견했는데도, 시인은 그의 역동적 생산 활동을 각별히 표내지 않는다. 암시적으로, 혹은 아주 확대된 화면상에 독자가 오래 눈길을 집중하여 찾아내야 할 흔적들로 제시한다. 그 대신 시인은 그런 과정이 고통스럽게 종종거리는 지연의 장면에 더욱 몰두해왔다. 그 지연 속에서 시의 시선은 자연스럽게 생의 약동을 얻지 못한 채로 고난의 벌판을 방황하는 집단성의 문제 쪽으로 서서히 이동해갔다. 제3부의 뒷부분의 시들, 그리고 4부의 시가 보여주는 세계이다. 그는 돌의 장소로, 폐광의 마을로 간다. 그것은 그가 처음 수평을 가리켰을 때 그의 민감한 촉수가 필연적으로 마주쳐야만 했던 것에 지속적으로 관심을 기울이고 있었다는 것을 알려준다. 본래 수평의 지평은 평등의 문제를 제기한다는 것을, 의미를 망실한 수열체의 삶과 맞닥뜨려야 한다는 것을 직관적으로 포착한 뒤로, 거의 무의식적으로 그쪽의 세계로 발이 옮겨져 간 것이라고 할 수 있다. 의식 속에서는 수평적 지평에서의 주체적 모양이 무엇인가를 열심히 궁리하면서도 말이다. 이 이동은 어쩔 수 없었던 것일까? 어쩌면 「한로」에서 보는 것처럼 수평성으로서의 자세는 필연적으로 이웃을 요청한다고 생각할 수도 있다. 왜냐하면 휘려면 중력이 필요하기 때문이다. 그러나 독자가 보기에 위선환 시의 변증법은 이웃과의 연대 문제 이전에 그 태도 자체의 모양에 집중되어 있다. 그의 주체는 궁극적으로 언어적 주체였다는 말이다. 따라서 그에 대해 대답을 내놓기란 쉽지 않다. 다만 독자는 거기에서 시인의 생래적인 정직성을 꾸준히 확인할 뿐이다.

최초의 시적 형태를 간직한 채로 끊임없이 그 의미 구성을 바꾸어온 위선환 시의 시적 과정을 무어라 이름 붙일 것인가? 여정이란 이름은 너무 한가한 것이다. 모험이라 부를 수도 있겠지만, 그 주체성의 고유한 의지와 행동력에도 불구하고 그 과정 속에는 도전의 모양보다

는 견딤의 모양이 더 많았다. 공격적이라기보다 방어적
이었다. 아니 그 방어에 주체의 세움이 없는 게 아니니,
아니 세움 정도가 아니라 한계 돌파로서의 거듭된 변신
의 과정이었으니, 저항적이었다,라고 말하는 게 더 나으
리라. 그 저항은 한편으론 같은 악절이 매번 변주되어
새로운 세계를 창출하는 긴 노래 같았고, 다른 한편으론
계속 달라지는 길이었기 때문에 길의 끊임없는 이탈로
서의 길, 즉 편류 같기도 했다. 그 선율을 탄 이탈의 행
로를 통해서 위선환의 시는 가진 게 없는 가난한 존재가
어떻게 새 삶을 향한 항구적인 운동을 가동할 수 있는가
를 선연히 보여주었다. 그가 시를 재개했을 때 한국에선
보드리야르적 의미에서의 '소비사회(시뮬라크르의 범람
이라는)'가 본격적으로 작동하고 있었다. 그의 시는 그
소비사회에 대한 가장 강력한 저항체였다. 그 뜻을 이해
하는 독자의 수가 더욱 늘어났으면 좋겠다. 왜냐하면 이
방향의 풍요는 타인의 부를 빼앗아 이루는 풍요가 아니
라 오히려 타인의 정신의 재산마저도 살찌우는 풍요이
기 때문이다. 그 풍요는 그러니까 시 읽기의 돌림노래
같은 것이다. 그 노래의 등에 올라 시인은 시간의 풍화
를 물리치고 시의 길을 다시 개척해 나갈 것이다. 정말
그럴 것이다. ▨